데일리 히어로

FUSION FANTASTIC STORY

인기영 장편 소설

DAILY HERO

데일리 히어로 6

인기영 장편 소설

초판 1쇄 찍은 날 § 2015년 4월 24일
초판 1쇄 펴낸 날 § 2015년 5월 1일

지은이 § 인기영
펴낸이 § 서경석

편집책임 § 이창진

펴낸곳 § 도서출판 청어람
등록번호 § 제387-1999-000006호
등록일자 § 1999. 5. 31
어람번호 § 제1-2111호

주소 § 경기도 부천시 원미구 부일로 483번길 40 서경B/D 3F (우) 420-822
전화 § 032-656-4452 팩스 § 032-656-4453
http://www.chungeoram.com
E-mail § chungeorambook@daum.net

ISBN 979-11-04-90213-0 04810
ISBN 979-11-316-9293-6 (세트)

데일리 히어로

FUSION FANTASTIC STORY

인기영 장편 소설

DAILY HERO

6

도서출판 청어람

데일리 히어로

DAILY HERO

CONTENTS

Chapter 1
또 다른 선택

띠링!

루의 후회가 발동했습니다. 수락하시겠습니까?
[Yes/No]

나는 멍하니 허공에 둥둥 떠 있는 글자를 바라보았다.
그러자 카시아스가 내게 물었다.
"말을 하다 말고 멍 때리는 건 어느 나라 예의냐."
"아니, 그게 아니고. 영혼의 퀘스트가 발동했어."

"그래? 그럼 당장 해야지."

네 말이 맞다. 해야지.

어느 순간부터 저기 보이는 [Yes/No]가 별 의미 없는 선택지가 되어버렸다.

나한테 지금 선택권은 없다.

영혼의 퀘스트를 놓쳤다가 히든 소울 같은 걸 못 얻기라도 하면 레이브란데의 인과율은 실패로 돌아가고 마는 거니까.

내가 예스를 터치하려는 찰나.

"하지만 일전에도 얘기했듯이 싫으면 굳이 안 해도 돼."

카시아스가 그렇게 말을 했다.

난 피식 웃고서 대꾸했다.

"전부터 계속 그래왔듯이 할 거다. 다른 사람의 인생을 살고 나면 조금씩 내 인격이 변해가는 기분이지만, 그것도 마냥 나쁘지는 않단 말이지."

"그래. 처음 만났을 때 넌, 답답하고 찌질하고 우울하고 하여튼 최악이었지."

"…꼭 그렇게까지 말할 필요는 없잖아."

"아무튼 그렇다면 해봐."

"오케이."

난 'Yes'를 터치했다.

팅—

맑은 기계음과 함께 내 영혼은 육신에서 빠져나와 다른 이의 기억 속으로 빨려 들어갔다.

*　　　*　　　*

늘 그렇지만 그다지 좋지 못한 기분 속에서 눈을 떴다.

울렁거리는 속을 달래며 주변을 둘러보았다.

난 상당히 아름답게 꾸며진 넓은 방 침대 위에 홀로 앉아 있었다.

내 양쪽 뺨에 뜨거운 액체가 주르륵 흘러내렸다.

눈물……?

울고 있는 건가?

그때 머릿속에서 기계음이 들렸다.

띠링!

—루의 후회 퀘스트를 수락하셨네요. 지금부터 지웅 님은 루의 세상을 가상 체험하게 될 거예요.

이제부터 시작이군.

—루의 기억을 인스톨할게요. 익히 아시겠지만 조금 어지러우실 거예요.

여인의 목소리가 끝나며 방대한 루의 기억들이 흘러 들어왔다.

'루, 네가 돈을 원한다면 얼마든지 주겠다. 그러니 나를 따라와라.'

'루, 나는 그대가 평민이라 해도 다른 귀족들처럼 함부로 대할 생각이 없소. 그러니 나를 따라오는 게 어떻겠소?'

'귀족에게 대드는 것도 하극상이지만, 귀족의 말을 듣지 않는 것 또한 하극상입니다. 저는 멜리앙 백작님을 모시는 기사이니만큼 최대한 기사의 예로 당신을 대하겠지만, 끝내 저항한다면 제 검에 당신의 피를 묻히게 될지도 모릅니다.'

'싫어요. 저는 돈이나 명예에 관심이 없어요. 그리고 제가 원치 않는 일을 하지 않았다는 이유로 죽고 싶은 마음도 없어요. 그러니 제발 절 괴롭히지 말아주세요.'

'당신이 루입니까?'

'몇 번이고 귀족분들께서 절 찾아오셨지만, 전부 거절했어요. 그 어떤 협박에도 굴하지 않았어요. 그러니 같은 목적으로 오셨다면 돌아가 주세요.'

'아닙니다. 그런 게 아니에요. 저는 당신을 지켜주려고 온 겁니다. 전 제서스 로드리만이라고 합니다. 제 권한으로 당신이 사는 마을에 귀족 접근 금지령을 내릴 겁니다.'

'공작님께서는 당대 최고의 힘을 가진 귀족이시며, 소드 마스터의 칭호를 가진 검사이신데… 왜… 한낱 평민인 제게 이렇게까지 해주시는 거죠?'

'당신의 재능은 세상을 아름답게 만드는 데 사용해야 합니다. 그 재능이 삿된 욕망을 가진 귀족들의 손에 넘어가 이용당하는 걸 그냥 볼 수 없었습니다.'

'오늘도 토끼를 세 마리나 잡아 왔어요, 루. 맛있게 요리해 주세요.'

'고마워요. 공작님이 오시고 나서는 제 하루하루가 정말 즐거워요.'

'만남이 있으면 이별도 있는 법이라더니 우리도 이별해야 할 때가 왔네요. 마냥 이 마을에만 있을 수 없는 게 제 입장이니 이해해 주세요. 하지만 더 이상 다른 귀족들이 루를 어떻게 하진 못할 겁니다. 제가 이 마을에 머무른 시간이 제법 되는 만큼, 루를 아낀다는 걸 충분히 알게 되었을 테죠.'

'저도… 따라가고 싶어요.'

'그 말… 진심인가요?'

'멜레사, 소개하지. 이분이 루야. 루, 인사해요. 이쪽은 제 약혼여 멜레사 브리안이라고 해요. 브리안 백작 가문의 딸이죠.'

'바보 같았지. 그렇게 멋진 분께 연인이 없을 거라 생각했다니. 따라오는 게 아니었는데…….'

'루, 자나요?'

'멜레사 님, 이 시간에 어쩐 일이세요?'

'빨리 떠나요. 당신은 제서스를 너무 믿고 있네요. 제 약혼자이긴 하지만 제서스 역시도 똑같은 귀족이에요. 애초에 당신의 능력이 탐이 나서 마음을 빼앗아 따라오게끔 만든 거라구요. 같은 여자라서 당신의 처지가 너무 딱해 드리는 말이니까 잘 생각해 봐요. 벌써 이곳에서 같이 지낸 지 반년이에요. 그동안 당신이 남몰래 눈물 흘리는 걸 몇 번이나 봤어요.'

'잘한 거야. 잘 떠나온 거야. 돌아갈 거야. 내가 있었던 곳으로.'

'호오, 정말로 만지는 건 뭐든 투명해지는군. 정말 횡재했어. 거지꼴을 하고 돌아다니는데 얼굴 하나는 반반해서 노예로 팔까 싶었는데, 이러면 얘기가 다르지. 혹여라도 도망칠 생각은 하지 않는 게 좋을 거야. 네가 투명해진다고 본체가 사라지는 건 아니니까 발에 묶인 그 족쇄를 벗어나진 못하겠지.'

띠링!

—모든 기억이 인스톨되었어요. 루는 그녀가 살아온 인생 자체를 후회하고 있네요. 그녀에게 후회가 남지 않을 마지막을 안겨주세요.

"끄으으……."

입 밖으로 괴로운 신음이 흘러나왔다.

나는… 난 지금 짐승보다 못한 삶을 살고 있다.

로드리만 백작가를 나와 집으로 돌아가던 중, 머리에 큰 충격을 입고 정신을 잃으려던 찰나 스스로를 투명화시켰다.

하지만 그곳을 벗어날 힘이 없었다.

머리에서 흐른 피는 투명화되지 않은 채 바닥에 떨어졌고, 내 머리를 가격했던 괴한은 실체가 보이지 않는 날 납치해 데리고 왔다.

날 납치한 이는 반 포이르 남작이었다.

돈과 여자를 밝히고 성격이 난폭하기로 유명한 귀족이었다.

그에게 잡혀 발에 족쇄를 매달고 방 안에서만 생활해야 했다.

족쇄를 풀 방법은 없었다.

반 남작은 매일 밤마다 날 겁탈했다.

그러던 어느 날부터는 몸을 주기 싫으면 자신이 원하는 물건을 투명하게 만들라고 말했다.

그가 투명화하기를 원하는 물건들은 대부분 마약이나 장물 같은 것이었다.

반 남작은 불법적인 물건들을 투명하게 만들어 안전히 거래처에 넘길 생각을 하고 있었다.

하지만 난 그런 그의 욕심을 내 능력으로 채워줄 생각이 없었다.

내가 거절할 때마다 반 남작은 다시 날 겁탈했다.
그렇게 지옥 같은 생활이 계속 이어지고 있다.
그러다 결국 오늘… 난 자살을 했다.
하지만 또 한 번의 기회를 얻은 지금, 다른 선택을 하기로 마음먹었다.
지금의 내겐 이 족쇄를 풀어버릴 힘이 있다.
내 팔은 전과 똑같이 가녀리기만 했지만, 그 안에 담긴 힘은 인간을 초월하는 것이다.
족쇄를 양손으로 잡아 힘껏 당겼다.
그러자 족쇄는 쩌적 하고는 갈라졌다.
우선 옷을 입어야 했다.
난 아무것도 걸치지 않은 맨몸뚱이였다.
문손잡이를 잡아 돌렸다.
예상대로 잠겨 있었다.
퍽!
발로 문을 걷어찼다.
쾅!
문은 통째로 뜯겨 나가 복도에 처박혔다.
그 소란에 하인들이 모여들었다.
여자 하인도, 남자 하인도 보였다.
그중 날 가장 막 대했던 남자 하인 한 명에게 다가갔다.
"뭐야? 어떻게 된 거야? 이 썅년 족쇄를 풀었잖아?"

남자 하인이 다짜고짜 내게 손찌검을 하려했다.

하지만 그보다 먼저 내 주먹이 뻗어 나갔다.

퍽!

남자 하인의 얼굴에 주먹이 제대로 들어갔다.

"컥!"

남자 하인의 코가 부러지고 쌍코피가 터졌다.

난 뒤로 넘어진 남자 하인에게 다가가 그의 옷을 벗기려 들었다.

그러자 다른 하인들이 달려들었다.

나는 그들에게 가차 없이 주먹을 휘둘렀다.

퍼퍼퍼퍼퍽!

전이었다면 상상도 못 했을 힘으로 난 그들을 모조리 쓰러뜨렸다.

그리고 다시 남자 하인의 옷을 벗기려 했다.

하지만 그는 저항했다.

그래서 머리를 잡아 반대로 돌렸다.

두두둑!

목이 부러지니 더 이상 저항을 하지 못했다.

죽으면서 혹시 대소변이라도 지릴까 싶어 얼른 바지부터 벗겨서 입었다.

그리고 상의도 벗겨 걸쳐 입었다.

내겐 지금 움직이기 편한 옷이 필요했다.

그래서 여자 하인이 아닌 남자 하인의 옷을 빼앗아 입은 것이다.

한바탕 소란이 일자 사병들이 들이닥쳤다.

"무슨 일이냐!"

그들은 주변 상황을 넋이 나가 살피다가 발가벗겨진 남자 하인과, 그 하인의 옷을 주워 입은 날 번갈아 보고서는 눈을 휘둥그레 떴다.

사병 중 한 명이 앞으로 나서며 물었다.

"설마… 네년이 그런 것이냐?"

난 고개를 끄덕였다.

"그래."

"그, 그래? 이년이 제대로 돌았구나!"

사병이 목을 좌우로 꺾으며 내게 다가왔다.

그가 다른 사람들이 내게 그랬던 것처럼 손찌검을 하려 들었다.

하지만 난 그의 뒤로 돌아가서 한 손으로 턱을 잡고 확 당겼다.

두두득!

"컥……!"

사병의 목이 완전히 뒤로 꺾였다.

거꾸로 돌아간 얼굴이 등에 달린 것 같은 기이한 형상이 되었다.

등에도 눈이 달렸다는 말은 이 사병을 위해 있는 말 같을 정도였다.

사병은 그대로 쓰러졌다.

그러자 다른 사병들이 일제히 검을 뽑아 들었다.

하지만 그다음 행동이 이어지지 않았다.

그들은 서로 눈치만 보며 우물쭈물거릴 뿐이었다.

'끼리끼리 모인다더니.'

반 남작이 쓰레기인 만큼 사병들도 똑같은 쓰레기들이었다.

그저 반 남작의 위세만 믿고 설칠 뿐, 이런 위기 상황에서는 어떻게 해야 할지 몰라 우왕좌왕했다.

그래서 내가 먼저 다가갔다.

"흐억!"

가장 선두에 있던 사병이 갑자기 코앞으로 다가온 날 보며 놀라 검을 휘둘렀다.

자세가 엉망인 검이 제대로 상대방을 벨 수 있을 리 만무하다.

지금의 난 일개 사병이 전력으로 상대해도 상처 하나 낼 수 없을 만큼 괴물이다.

그런데 저런 어설픈 검질이라니.

난 사병의 검을 피하고서 명치를 때렸다.

빽!

"크허……!"

사병이 얻어맞은 곳을 감싸 쥐고 쓰러졌다.

아마 뼈가 부러지고 장기가 터졌을 것이다.

사병 하나를 제압한 즉시 뒤에 있던 사병 두 명의 옆구리를 때렸다.

퍼퍽!

그들은 비명도 지르지 못한 채 눈을 까뒤집더니 널브러졌다.

나는 또 다른 사병들에게 다가갔다.

"으, 으아아아아!"

그때 후미에 서 있던 사병 하나가 비명을 지르며 도망쳤다.

그러자 도미노 현상처럼 다른 사병들도 무기를 집어 던지며 도망치기 시작했다.

도망치는 사병들을 굳이 따라가 죽일 마음은 없었다.

난 내가 목적한 바를 이루고 이 저택을 떠나기만 하면 되니까.

그리고 그 목적한 바는 당연히 반 남작의 살해다.

난 3층으로 올라가 반 남작의 방을 찾으려 했다.

한 번도 이 저택의 곳곳을 둘러본 적이 없었다. 그래서 그저 반 남작의 방이 저택의 가장 높은 층에 있을 거라고 예상했을 뿐이다.

하지만 그런 내 수고를 덜어주려는 건지, 반 남작이 호위기사를 대동한 채 방 밖으로 뛰쳐나왔다.

그는 놀라고 화난 얼굴로 성큼성큼 복도를 걷다나 날 발견하고서 멈춰 섰다.

하인 중 한 명이 그에게 소동의 전말을 알린 모양이다.

반 남작은 날 씹어 죽일 듯 노려보며 고함쳤다.

"네 이 개 같은 년!"

내 입장에서 보자면 개 같은 건 반 남작이다.

아니, 저 인간은 그냥 개다.

욕망에 따라서만 움직이는 개.

하루 종일 발정이 나서 색을 밝히는 개.

그런 개가 사람인 내 인생을 망쳐 놓았다.

난 사람으로서 그 개새끼를 죽이려는 것뿐이다.

"네년이 내 가문을 피바다로 만들어?! 얌전히 있기에 아무것도 아닌 줄 알았더니 손톱을 숨기고 있었어! 대체 지금까지는 왜 그냥 당하고만 있었던 건데? 어!"

반 남작은 이해가 되지 않는다는 얼굴이었다.

한편으로는 등에 식은땀이 흐르기도 할 것이다.

그동안 날 겁탈해 온 수많은 밤들이 어쩌면 그의 마지막 밤이 되었을지도 모른다는 생각이 들 테니까.

"그동안 힘이 없었으니까."

"뭐? 그럼 지금은 갑자기 그런 힘이 생겼다는 말이냐?"

"그래."

"어디 천한 것의 혀가 저렇게 짧아! 내 이 하극상을 용서 못 하겠으니 당장 그 목을 쳐야겠다!"

"할 수 있으면 해봐."

"레윈!"

레윈은 반 남작의 호위기사다.

실력은 제법이지만 돈을 너무 밝혀 다른 귀족 밑에 가지 않고 가장 돈을 많이 주는 반 남작을 주군으로 삼았다.

레윈이 살기등등한 눈을 희번덕거리며 검을 뽑았다.

그가 망설임 없이 내게 다가왔다.

터벅터벅.

레윈은 날 얼마든지 죽일 수 있다고 생각하는 모양이다.

하지만 지금 내게 다가오는 한 걸음 한 걸음이 저승으로 향하고 있다는 걸 모르겠지.

레윈이 가까이 다가와 내게만 들릴 듯 낮은 음성으로 중얼거렸다.

"사실 반 남작님만 아니었으면 나도 네년을 한번 맛보고 싶었지."

"반 남작 밑 닦으면서 살지 않았다면 여기가 네 무덤이 되지는 않았을 거야."

내 말에 레윈은 기가 탁 막힌 듯 혀를 찼다.

사실 내 언행에 지금 나도 많이 놀라는 중이다.

지금의 난 순수한 나라고 할 수 없다.

내 안에는 나 말고도 여러 가지의 인격이 복합적으로 뒤섞여 있다.

언제 어느 때든 다른 가면을 쓰고 상대방을 대할 수 있을 만큼.

내 인생을 한 번 더 살게 해준 유지웅의 혼에 담긴 여러 사람의 인격 때문이다.

레윈은 놀란 것도 잠시, 미간을 와락 찌푸렸다.

"그 입부터 찢어주마!"

레윈이 빠르게 검을 휘둘렀다.

하지만 그 검이 내 입을 찢는 일 같은 건 벌어지지 않았다.

탁.

난 검날을 손으로 잡았다.

"……!"

"……!"

레윈과 반 남작이 경악에 찬 얼굴로 입을 쩍 벌렸다.

난 검날을 잡아당겼다.

레윈은 순간적으로 가해진 내 힘을 견디지 못하고서 검을 놓쳤다.

상대와의 싸움에서 검을 놓쳐 버린다는 건 검사의 수치다.

나는 빠르게 레윈의 지척으로 다가갔다.

레윈이 주춤하며 몸을 빼려는 순간, 난 벌어진 입에 손을 집어넣어 아래위로 찢었다.

쩌어억!

"끄어어어어어!"

레윈의 입이 찢어지며 턱이 빠져 버렸다.

빠진 턱이 피로 물들어 덜렁댔다.

난 한 손으로 레윈의 목을 잡고 손아귀에 힘을 주었다.

두드득!

"끄으……."

레윈의 눈알이 뒤로 넘어가며 흰자위만 가득 찼다.

그걸로 끝.

레윈의 인생은 거기서 마감되었다.

휙. 털썩.

레윈을 옆으로 던져 버리고 반 남작에게 다가갔다.

터벅터벅.

반 남작은 겁에 질려 두 손을 앞으로 내밀고 허둥거렸다.

"자, 잠깐만 루! 기다려! 내 말 좀 들어봐."

"얘기해."

난 반 남작에게 향하는 걸음을 멈추지 않았다.

반 남작이 뒷걸음질 쳤다.

"미안하다! 내가 다 잘못했어! 네, 네가 이렇게까지 상처받을 줄은 몰랐다!"

"사과는 잘 받았어. 이젠 더 미련 없이 죽일 수 있을 것 같아."

"아니, 아니! 기다려 봐! 이, 이렇게 하자! 내가 네게 내 재산의 2할을 주마! 이건 엄청난 제안이야! 내 재산이 얼마나 많은지는 익히 짐작하고 있겠지? 그중에 2할이라면 너는 물론이고 네 자손들까지 평생 먹고살 수 있는 금액이라고!"

"널 죽이면 전 재산을 훔쳐 갈 수 있을 텐데 왜 그래야 하지?"

반 남작은 자신의 제안이 먹혀들지 않자 다시 화를 냈다.

"이 썅년이! 날 죽이면 네가 무사할 것 같아? 평민 쓰레기가 귀족을 죽인 죄는 말로 형언할 수 없을 만큼 크다! 결국 너도 죽을 거란 말이야!"

"괜찮아. 이미 한 번 죽었으니까. 그런 거 두렵지 않아. 어차피 내 죄는 이미 씻기 힘들 정도로 커. 널 죽이지 않아도 죽어. 그러니까 이왕 죽을 거 널 죽일 거야."

"이 개 같은 년!"

반 남작이 욕을 내뱉는 순간.

타탁!

빠르게 달려 나가 그의 벌어진 입에 주먹을 질러 넣었다.

퍼억!

"……!"

내 주먹은 반 남작의 입으로 들어가 뒷목을 뚫고 나갔다.

주먹을 빼자마자 반 남작의 왼쪽 가슴을 가격하고, 정수리를 발로 내리찍었다.

퍼퍽!

반 남작은 머리가 터지고 가슴이 움푹 파인 비참한 광경으로 쓰러져 죽음을 맞았다.

난 그의 옷 속에서 돈 주머니 하나를 꺼내 허리에 찼다.

바닥에 떨어진 레윈의 검도 챙겼다.

그리고 유유히 저택을 빠져나왔다.

Chapter 2
더블 퀘스트

귀족살인죄로 병사들은 날 추격했다.

하지만 난 그들을 너무도 쉽게 따돌릴 수 있었다.

내겐 투명화 능력이 있었고, 그림자 속으로 숨어들 수 있는 섀도우 워커의 능력도 있었다.

그러니 내가 그들에게 잡히는 일은 일어날 수 없었다.

지금 나는 내가 살던 곳으로 돌아가고 있다.

로만이라는 이름의 작은 마을로.

내 고향이 그리워서 그런 건 아니다.

그곳에서 숨죽여 평생을 살아가려는 것도 아니다.

거기엔 마제스의 신전이 있다.

마제스는 지금은 잊힌 운명의 신이다.

신들도 인간들처럼 싸움을 한다.

더욱 강한 신이 되기 위해, 스스로의 권좌를 더욱 굳건히 지키기 위해, 그래서 모든 살아 있는 생명이 자신을 유일신으로 섬기게끔 하기 위해, 끊임없이 싸움을 벌인다.

그러나 인간들은 그러한 사실을 알지 못한다.

태초의 세상엔 수많은 신들이 관여하고 있었다.

하지만 그 신들은 끝없는 전쟁을 반복하다 대부분 사라졌다.

마제스 신도 그렇게 사라지고 말았다.

인간들이 사는 세상의 그분의 힘이 담긴 신물(神物)과 그 신물을 지키기 위한 작은 신전을 만들어놓고 말이다.

신물을 지키기 위해 만들어진 신전은 땅속에 감추어져 있다.

그리고 그 신전은 마제스 신이 만들었던 '마르티안 일족'이 아니면 들어갈 수 없다.

난 마르티안 일족의 피를 물려받은 사람이다.

내게 투명화 능력이 있는 것도 마르티안 일족의 사람이기 때문이다.

우리 일족에게 전해져 내려오는 이 능력은 사실 마제스 신이 남긴 신물 '영혼의 보옥'을 지키기 위해서 존재한다.

누군가 감추어진 신전을 찾아내 영혼의 보옥을 가져가려

하면, 그것을 투명화시켜 지켜야 한다는 사명 아래 얻게 된 능력이다.

그래서 지금껏 누구도 이 능력을 사용하지 않았다.

단 한 번도 영혼의 보옥을 탐내는 이가 없었기 때문이다.

당연한 일이다.

영혼의 보옥은커녕 마제스 신을 아는 사람 자체가 세상에는 존재치 않는다.

그만큼 마제스 신은 짧게 군림했던 신이다.

힘이 약했기 때문이다.

그래도 마제스 신은 그분의 권능을 받아 태어난 인간을 만들었고, 그 피가 내게까지 이어져 내려왔다.

내가 다시 자식을 낳지 않는다면, 마르티안 일족은 내 대에서 끝이 난다.

'어차피 후손을 낳기 전에 한 번 죽었으니 이미 마르티안 일족의 대가 끊긴 것이나 다름없겠지.'

생각해 보면 참 바보 같은 일이었다.

우리 일족이 투명화의 능력을 사용하지 않은 건, 꼭 영혼의 보옥을 탐내는 이가 없었다기보다는, 능력이 세상에 알려질 경우 귀찮아질 걸 알았기 때문이다.

하지만 난 마음이 너무 여렸다.

아니, 그건 마음이 여린 게 아니라 멍청했던 것이다.

이렇게 될 걸 뻔히 알면서도 어려움에 처한 사람을 돕고 싶어 능력을 사용해 버렸으니 말이다.

'이제는 됐어.'

난 또 한 번의 인생을 살게 됐지만, 후손을 남길 생각이 없다.

영혼의 보옥을 더 이상 지킬 이유가 없기 때문이다.

왜?

영혼의 보옥은 내가 사용할 것이다.

그 보옥 안에 들어 있는 힘을 이용해서 꼭 알고 싶은 게 있었다.

한 번 사용하면 사라져 버리는 것이 영혼의 보옥이다.

보옥의 힘은 상당한 것이다.

그 힘이 악인의 손에 들어갈 경우 세상에 어떠한 일이 벌어질지 모를 정도로 말이다.

하나 난 그런 일을 벌이려는 게 아니다.

내가 알고 싶은 건… 한 남자의 진실이다.

'정말 날 이용하려고 데려온 것이었나요.'

제서스에게서 내가 느꼈던 건 진실된 감정이었다.

그는 나를 진정으로 아껴주었다.

하지만 멜레사는 제서스가 나를 이용하기 위해서 거짓된 친절을 베풀었다고 말했다.

전생에서는 그저 순진하게 그 말을 전부 믿었다.

지금은 다르다.

그저 남의 말을 듣기만 해서는 진실을 알 수가 없다.
난 너무 착하게만 살아왔다.
다시 한 번 말하지만 그건 멍청한 것이다.
내가 주변 사람들을 진심으로 대하는 만큼 날 대놓고 이용할 목적이 보이지 않거나, 싫어하는 눈치가 보이지 않는다면 그들 역시 날 진심으로 대한다고 생각했다.
마지막으로 한 번 더 강조하지만 멍청했다.
사람들은 그렇게 남을 생각하지 않는다.
늘 남보다 자기 자신이 우선이다.
자기 것을 지킨 다음에 남을 돌아보곤 한다.
그게 사람의 본질이며, 본성이다.
그래서 나는 내 힘으로 진실을 알아내고 싶다.
그러기 위해서는 영혼의 보옥이 필요하다.

* * *

한 달가량을 걸어 고향으로 돌아왔다.
그곳에서도 난 투명화 능력으로 모습을 감추고서 집을 찾아갔다.
이미 어두운 한밤중이었지만, 그래도 조심했다.
이곳의 그 누구와도 마주치기 싫었다.
마을 사람들은 오래간만에 돌아온 날 보며 소란을 떨 것이

분명했다.

그러나 난 결코 좋은 마음으로 돌아온 게 아니다.

그리고 예전의 상냥한 나 역시 이제는 없다.

그래서 그들의 반가운 소란을 들어주기 싫었다.

그럴 자신도 없었다.

집에 도착해 방 안을 슥 둘러보았다.

모든 것이 그대로였다.

반년간 주인도 없는 빈집을 그 누구도 침범하지 않았다.

그저 먼지만 자욱하게 쌓여 있었다.

마을 사람들이 고마웠다.

그 마음을 한켠에 접어두고서 다시 집을 나왔다.

뒤편에 있는 숲으로 들어서서 주변을 살폈다.

아무도 없었다.

비로소 안심한 뒤, 무릎을 꿇고 앉아 두 손을 바닥에 댔다.

그러자 미세한 빛이 일더니 흙더미가 사라지고 지하 깊은 곳으로 향하는 계단이 나타났다.

구름에 가려 달빛조차 닿질 않는데도 지하로 내려가는 계단은 밝았다.

게다가 그 빛은 절대 밖으로 새 나오지 않았다.

그 모든 것이 신의 권능이기에 가능한 일이었다.

천천히 발을 내디뎌 신전을 향해 거닐었다.

길고 긴 계단을 밟아 내려왔다.

계단의 끝엔 내가 살던 작은 집과 크게 다를 것 없는 공간이 나타났다.

그게 신전이었다.

어렸을 적 어머니의 손을 잡고 내려온 이후, 처음 방문한 것이다.

신전 내부에 이렇다 할 장식물은 없었다.

그저 작은 제단이 놓여 있었고 그 위에 영혼의 보옥이 놓여 있을 뿐이었다.

영혼의 보옥은 자두만 한 크기의 동그란 구슬이다.

투명한 보옥의 안에는 작은 빛 하나가 둥실 떠 있다.

난 그것을 조심스레 들었다.

'이것을 삼키면… 보옥의 힘을 사용할 수 있어.'

보옥의 힘.

그것은 내가 타인의 기억을 볼 수 있게 해주는 것이다.

즉 세상에 있는 어떤 이의 기억도 보옥을 삼키면 전부 알게 된다.

한 왕국의 멸망을 바라는 사람이 보옥의 힘을 사용하게 되면, 일은 매우 쉬워진다.

왕국의 정세에 대해 가장 잘 알고 있는 자의 기억을 읽어버리면 어떻게 공략해야 할지 답이 나오기 때문이다.

그 왕국의 허와 실, 물밑에서 일어나고 있는 알력 싸움, 자금력, 병력, 그 외에 모든 정보를 완벽히 파악할 수 있으니 말이다.

난 보옥을 천천히 입에 넣었다.

보옥은 혀에 닿는 순간 액체로 변해 목을 타고 흘러 들어갔다.

보옥의 힘이 빠르게 퍼지며 배 속이 따뜻해졌다.

그리고 기이한 기운이 전신으로 퍼지는가 싶더니 전부 머리로 몰려들었다.

갑작스런 현기증이 몰려왔다.

어지러움을 참지 못하고 자리에 털썩 주저앉았다.

"으음……."

눈앞이 흐려지며 신음이 흘러나왔다.

사물들은 계속해서 흐려졌고, 깜빡이던 눈앞에 누군가의 기억들이 파노라마처럼 펼쳐지기 시작했다.

그것은 제서스의 기억이었다.

빠르게 흐르는 기억들은 전부 내 뇌리에 확실히 틀어박혔다.

그러다 어느 순간 기억의 흐름이 서서히 느려졌다.

이윽고는 제서스가 나와 만난 순간에서 기억이 완전히 멈추어 버렸다.

'왜… 이러지?'

의문을 품고 계속해서 멈춰 버린 기억을 바라보는데 머릿속에서 기계음이 들려왔다.

띠링!

—축하드립니다, 지웅 님! 히든 퀘스트를 발견하셨어요~!

느닷없이… 히든 퀘스트라니?

—루의 후회 퀘스트는 아직 완료된 게 아니에요. 지웅 님께서 발견한 히든 퀘스트를 함께 완료하셔야 루의 후회 퀘스트도 완료할 수 있답니다~

순간 내 영혼이 루의 몸속에서 확 빠져나오는 게 느껴졌다.
루는 제서스의 기억을 보던 그 자세 그대로 굳어 있었다.
그나저나 갑자기 왜 히든 퀘스트 같은 게 나오는 거야?
여인의 음성은 계속해서 이어졌다.

—사실 레이브란데 님과 영혼의 계약을 한 이는 루뿐만이 아니랍니다.

갑자기 불안한 예감이 들었다.
이거 혹시…….

—그 혹시가 역시랍니다. 제서스 로드리만 공작도 죽어서 레이브란데 님과 영혼의 계약을 맺었죠.

하아… 역시 그랬던 거였어!
그럼 내가 해야 하는 히든 퀘스트는 설마…….

—그 설마가 맞답니다. 지웅 님께서는 지금부터 제서스 로드리만 공작이 되어야 합니다. 물론 강요는 하지 않아요.

띠링!

—히든 퀘스트 발동! 두 영혼의 퀘스트가 연계되어 더블 퀘스트로 바뀌었습니다. 더블 퀘스트는 두 개의 퀘스트 중 하나를 실패하게 되면 모두 퀘스트 실패가 되어버리니 조심하세요. 만약 더블 퀘스트 진행을 원치 않으시면 수락하지 않으셔도 된답니다. 그 자리에서 더블 퀘스트는 사라지고 루의 후회 퀘스트만 완료되는 것이죠~ 하지만 더블 퀘스트를 클리어했을 때 받을 수 있는 숨겨진 보상은 놓칠지도 모른다는 거~!

띠링!

'제서스의 진실'이 발동했습니다. 수락하시겠습니까?
[Yes/No]

…그렇게까지 말하면 수락 안 할 수가 없잖아.

숨겨진 보상은 분명 제서스의 영혼일 테니!

어쩔 수 없지.

난 'Yes'를 터치하려 했다.

한데 생각해 보니 난 지금 영혼의 상태다.

그래서 육신이 없고 당연히 'Yes'를 터치할 수도 없었다.

하지만 단지 내가 생각을 한 것만으로 'Yes'가 터치되며 팅- 하는 맑은 음을 흘렸다.

동시에 환한 빛이 내 영혼을 잠식했다.

또다시 시작된 기분 나쁜 울렁거림.

그 속에서 정신없이 휘둘리다가 눈을 떠보니 내 앞엔 생소한 천장이 펼쳐져 있었다.

몸을 일으켜 주변을 둘러보았다.

집 안에는 하나하나가 엄청난 고가의 물건들만 가득했다.

심지어 장인의 손이 닿은 장식품과 일류 화가의 그림들도 전시되어 있었다.

내가 누워 있던 침대도 이 세상 지금 시대에서 가장 고급스러운 것이었다.

그렇다.

난 지금 제서스 로드리만 공작이 되었고, 그의 방에 있는 것이다.

새로운 영혼의 퀘스트가 시작되었다.

Chapter 3
제서스의 진실

띠링!

—제서스의 진실 퀘스트를 수락하셨네요. 지금부터 지웅 님은 제서스의 세상을 가상 체험하게 될 거예요. 제서스의 기억을 인스톨할게요~

여인의 음성이 들려온 이후, 소드 마스터이자 데브게니안 대륙의 광검이라 불리는 제서스 로드리만의 기억이 흘러들러 왔다.

'드디어… 소드 마스터의 경지에 올랐다.'

'감축드립니다, 제서스 공작 각하!'

'자웅을 겨루러 왔소, 제서스 공작. 나, 질풍검 라인하르트라 하오. 세상을 떠들썩하게 만드는 그대의 신위가 허풍이 아니라면 대결을 피하지 마시오!'

'…내가 대체 어떻게 진 것이오? 허명이 아니었구려. 미안하오.'

'벌써 전 대륙 각지에서 찾아온 내로라하는 강자들을 백 인이나 제압하셨습니다, 제서스 공작 각하! 진정 공작 각하께서는 신검이라는 칭호가 어울리시옵니다!'

'처음 뵙겠어요. 브리안 백작 가문의 여식인 멜레사 브리안이라고 해요. 듣던 만큼 출중하신 외모에 눈이 부시네요.'

'멜레사. 나를 진정으로 사랑하오?'

'우리가 알게 된 지 벌써 1년이 다 되어가요. 그런데도 그걸 모르겠어요?'

'미안하오. 나는… 당신을…….'

'거기까지만. 더 이상 어떤 말도 하지 말아요. 여태껏 그 어떤 여인도 당신의 마음 깊숙한 곳까지 들어가지 못했겠죠. 어떤 여자가 당신의 눈에 차겠어요. 하지만 2세를 생각하세요. 저는 아름답고 건강해요. 가문도 나쁘지 않구요. 게다가 똑똑하잖아요. 저를 부인으로 맞이해 주신다면 훌륭한 2세를 얻을 수 있을 거예요. 평생 혼자 살다가 가문의 맥을 끊어버릴 생각이신가요?

'……'

'두 분의 약혼을 진심으로 감축드리옵나이다~!'

'감축드리옵나이다~!'

'우리가 약혼을 하다니, 정말 꿈만 같아요.'

'멜레사. 하지만 난 당신을 사랑하지 않소.'

'괜찮아요. 내가 사랑하니까.'

'공작 각하. 저 멀리 토레스 영지 작은 마을에 특별한 능력을 가진 여인이 산다 하옵니다.'

'특별한 능력을 가진 여인?'

'그 여인은 만지는 모든 것을 투명화시킬 수 있다 하옵니다.'

'마법이겠지.'

'마법과는 또 다르다고 하더군요. 지금껏 빛의 탑에서 개발된 마법 중에 스스로를 투명화시키는 마법은 있었으나, 만지는 대상을 투명화시키는 마법은 없었습니다.'

'당신이 루입니까?'

'몇 번이고 귀족분들께서 절 찾아오셨지만, 전부 거절했어요. 그 어떤 협박에도 굴하지 않았어요. 그러니 같은 목적으로 오셨다면 돌아가 주세요.'

'아닙니다. 그런 게 아니에요. 저는 당신을 지켜주려고 온 겁니다. 전 제서스 로드리만이라고 합니다. 제 권한으로 당신이 사는 마을에 귀족 접근 금지령을 내릴 겁니다.'

'지금부터 이 마을에 어떠한 귀족도 발을 들여선 아니 된다! 만약 이를 어길 시엔, 나 제서스 로드리만 공작에 대한 도전이라 생각하고 그냥 넘어가지 않을 것이다!'

'공작님께서는 당대 최고의 힘을 가진 귀족이시며, 소드 마스터의 칭호를 가진 검사이신데… 왜… 한낱 평민인 제게 이렇게까지 해주시는 거죠?'

'당신의 재능은 세상을 아름답게 만드는 데 사용해야 합니다. 그 재능이 삿된 욕망을 가진 귀족들의 손에 넘어가 이용당하는 걸 그냥 볼 수 없었습니다.'

'오늘도 토끼를 세 마리나 잡아왔어요, 루. 맛있게 요리해 주세요.'

'고마워요. 공작님이 오시고 나서는 제 하루하루가 정말 즐거워요.'

'저야말로… 루를 만나고 하루하루가 정말 즐거워요. 하지만 마음 한켠이 아려오는군요. 왜 이제야… 당신을 만나게 된 것인지.'

'네? 뭐라고 하셨나요?'

'아, 아니에요, 루.'

'떠나야 돼. 더 이상 이래서는 안 돼. 그녀의 마음을 얻어 성으로 데려오기 위해 친절을 베풀었던 것뿐인데… 연극은 진실이 되었어. 그녀를… 사랑하게 되었어.'

'공작님. 좋은 아침이에요. 오늘은 무슨 요리를 만들어 드릴

까요?'

'미안해요, 루.'

'네?'

'만남이 있으면 이별도 있는 법이라더니 우리도 이별해야 할 때가 왔네요. 마냥 이 마을에만 있을 수 없는 게 제 입장이니 이해해 주세요. 하지만 더 이상 다른 귀족들이 루를 어떻게 하진 못할 겁니다. 제가 이 마을에 머무른 시간이 제법 되는 만큼, 루를 아낀다는 걸 충분히 알게 되었을 테죠.'

'저도… 따라가고 싶어요.'

'그 말… 진심인가요?'

'멜레사, 소개하지. 이분이 루야. 루, 인사해요. 이쪽은 제 약혼녀 멜레사 브리안이라고 해요. 브리안 백작 가문의 딸이죠.'

'루. 괜찮은 거예요? 성에 오고 나서부터는… 늘 안색이 좋지 않네요.'

'괜찮답니다, 공작 각하. 신경 쓰지 않으셔도 되어요.'

'루? 루? 어디 간 거지.'

'그녀는 떠났어요.'

'그게 무슨 말이오, 멜레사. 루가 떠났다니?'

'제가 모든 사실을 얘기했어요. 당신이 왜 그녀에게 접근했던 건지 말예요. 당신도 알고 있었잖아요. 그녀가 당신을 마음에 품었다는 걸. 난 그런 그녀가 측은했을 뿐이에요.'

'집사, 부탁이네. 루를 꼭 찾아주게. 그녀는… 내가 세상에 태

어나 유일하게 사랑한 여인이었네.'

'제서스 공작 각하… 분부대로 루님을 찾아봤으나… 반 포이르 남작에게 잡혀 갖은 수모를 당한 뒤 죽음을 맞이했다 합니다.'

'루… 루……. 내게 가장 소중한 사람을 잃었다. 그러니 나 역시 잃어버릴 것이다.'

'멜레사! 이게 다… 네가 자초한 화임을 알라!'

'이, 이러지 말아요! 이성을 찾고 검을 거두세요! 꺄아아아악!'

'제서스 공작 각하! 제발 고정하시옵소서! 크허어……!'

'제서스 공작! 당신은 미쳤소! 가문의 모든 사람을 도륙하고 무차별적인 살인을 저지르다니! 더 이상 당신을 신검이라 칭하는 이는 없소! 당신은 광검이오!'

'무어라 불러도 좋다. 내겐 이제 그 무엇도 의미가 없으니.'

"끄흐으으……."

터질 것 같은 머리를 움켜쥐고 침대에서 튕겨 오르듯 상체를 일으켰다.

"후우. 후우."

고통이 빠르게 진정되어 갔다.

그에 따라 나도 안정을 되찾을 수 있었다.

띠링!

—제서스 로드리만 공작은 루의 비참했던 인생을 바꿔놓고 싶어 하네요. 루를 도와주세요. 그리고 그녀를 행복하게 만들어 주세요. 그래야만 제서스 로드리만 공작의 마음이 풀릴 거랍니다.

후우… 그래, 그래.

내게 새로운 기회가 주어졌다.

두 번 다시는 그녀가 힘든 인생을 살도록 두지 않으리라.

나 제서스 로드리만의 명예를 걸고!

한 남자의 인생을 걸고 맹세한다!

그리고 나 역시 광검의 길을 걷지 않겠다.

루를 잃고 삶의 목적을 잃어버린 난, 살인귀가 되었다.

사람들을 닥치는 대로 죽였다.

1년 동안 전 대륙을 돌아다니며 날 막으려 드는 이들을 전부 도륙했다.

하지만 그조차도 어느 순간 무의미해졌다.

다른 이를 아무리 죽여도 내 분노는 해갈되지 않았다.

오히려 점점 더 배가 되어갔다.

그래서 깊은 산맥 속에 숨어들었다.

3년을 그렇게 지내다가 깨달았다.

이 분노를 잠재울 수 있는 방법은 단 하나밖에 없음을.

루를 따라가는 것.

그래서 스스로 목숨을 끊었다.

그것이 내 지랄 같은 인생의 마지막이었다.

'바꾼다. 전부 다.'

결심을 하고 방을 나섰다.

망설임 없이 복도를 걸어 루의 방으로 향했다.

이미 밤이 내린 시간이었다.

창을 통해 쏟아지는 달빛은 유난히 차갑게 느껴졌다.

터벅터벅.

점점 더 내 걸음을 바빠졌다.

루의 방 앞엔 멜레사가 서 있었다.

난 그녀가 루에게 떠나달라 요구하던 그날 밤으로 돌아온 것이다.

그녀는 루의 방문을 노크하려다가 날 보고서 그대로 굳어버렸다.

"여긴 무슨 일이오."

차가운 음성으로 물으니, 멜레사는 적잖이 당황하며 더듬거렸다.

"그, 그냥 잠이 안 와 루와 이야기나 할까 하고 찾아왔어요."

웃기는 소리.

무슨 사단을 일으키려고 여기 온 것인지 이미 난 다 알고 있다.

멜레사의 손목을 잡고 내 쪽으로 당겼다.

근육이라고는 찾아볼 수도 없는 가녀린 여인은 그대로 내게 끌려왔다.

"아, 아파요."

"잠이 오지 않는다면 내가 말 상대를 해주겠소."

그 제안이 멜레사에게는 제법 놀라웠던 모양이다.

그녀는 조금 전보다 더 놀라 눈을 휘둥그레 떴다.

"당신… 이요?"

대답 대신 고개를 끄덕였다.

멍하니 날 바라보던 멜레사의 얼굴에 미소가 어렸다.

"어쩐 일이세요?"

"싫소?"

"아니요, 그럴 리가요. 오히려 그 반대랍니다. 공작님께서 제 말벗을 해주겠다고 한 적이 있었나요? 당연히 좋을 수밖에요."

멜레사는 내게 잡힌 팔목을 빼 곁으로 다가와 팔짱을 끼며 딱 달라붙었다.

"제 방으로 갈까요?"

"그게 좋겠소."

멜레사와 나는 그녀의 방으로 향했다.

사실 난 그녀에게 크게 할 말이 없었다.

그래서 주로 멜레사가 이야기하고 나는 그저 들어줄 뿐이었다.

한참 동안 떠들던 멜레사가 잠시 말을 끊고 물 한 잔을 마셨다.

"하아, 왜 이렇게 열이 오르지? 너무 혼자 떠들어서 그런가 봐요. 조금 덥네요."

멜레사는 걸치고 있던 얇은 외투를 벗어 의자 등받이에 걸었다.

외투 안에는 간단한 파자마를 걸친 차림이었다.

그녀가 무엇을 원하고 있는지는 불 보듯 뻔했다.

멜레사의 눈동자가 지금까지와는 달리 농염해졌다.

가지런히 놓여 있던 다리도 살짝 꼬았다.

짧은 파자마 아래로 그녀의 하얀 허벅지가 적나라하게 드러났다.

그 상태에서 허리를 숙여 내게 얼굴을 가까이 들이밀었다.

헐거워진 파자마 안으로 봉긋하게 솟아오른 가슴이 보였다.

"당신도 덥지 않나요?"

멜레사는 알고 있다.

루에 대한 나의 마음을.

여기서 그녀를 거절한다면… 분명히 그 불똥은 루에게 튀겠지.

전생의 나였다면 절대로 마음에 없는 여자를 품지 않았을 것이다.

하지만 난 이미 한 번 피로 물든 인생을 걸어본 인간이다.

원한이 없는 자를 수백이 넘도록 도륙했다.

마음에 없는 여자를 품는 것?

손가락을 구부리는 것만큼 쉬운 일이다.

덥석.

"……!"

멜레사의 가슴을 움켜쥐었다.

그녀가 놀라서 날 바라봤다.

어떻게든 날 유혹하려 하던 참이었겠지만, 되레 내가 공격적으로 나오자 당황하고 말았다.

난 행동을 멈추지 않았다.

내 손이 그녀의 가슴과 허리, 둔부를 뱀처럼 쓰다듬어 나갔다.

놀라서 경직되어 있던 그녀도 내 손길을 느끼자 점점 몸을 배배 꼬았다.

"아… 으흥……."

교태 섞인 신음을 흘리며 내게 안겨드는 멜레사.

나와 약혼을 해놓고서도 단 한 번 잠자리를 갖지 못해 욕정으로 가득 찬 몸뚱이가 점차 퇴폐적인 경련을 일으켰다.

우리는 서로의 옷을 빠르게 벗겼다.

그녀의 입과 내 입이 서로의 타액을 교환했다.
이윽고 그녀는 혀로 내 전신을 애무했다.
난 그녀를 안아 들어 침대에 눕혔다.
두 다리로 내 허리를 감싼 멜레사가 음욕 가득한 시선을 내게 던지며 말했다.
"당신의 아이를 갖고 싶어요."
나는 전혀 그럴 생각이 없다.
"나쁘지 않겠지. 하지만 당장은 아니오."
평생 그럴 일은 없다.
난 몸을 격정적으로 움직였다.
"으… 아아! 지, 지금은… 둘이서 더 지내고 싶다는 건가요?"
멜레사가 숨넘어갈 듯 신음을 흘리며 겨우겨우 말했다.
"그렇소. 조금 더 둘이서만."
둘이서 지내고 싶다고 생각한 적은 단 한 번도 없었다.
"아아… 제서스… 제서스……! 하아!"
멜레사는 내 밑에 깔려 한 마리의 짐승이 되었다.
그녀의 신음은 새벽 동이 틀 때까지 이어졌다.

* * *

서재의 발코니에 앉아 홍차를 마셨다.

밤을 꼬박 새웠지만 피곤하지는 않았다.

소드 마스터의 경지에 이르는 순간 이미 내 육신은 인간의 것을 훨씬 초월해 버렸다.

며칠 밤을 새운다고 해도 육신의 피로는 크게 쌓이지 않는다.

정신적인 피로감이 조금 몰려올 뿐.

날 훑고 가는 산들바람을 느끼며 생각에 잠겼다.

'내가 원하는 것을 얻으려면 해야 할 일은 명징하고 해야 할 것들도 간단하다.'

난 루를 원한다.

내 인생에 그녀만 있어주면 된다.

그걸 이루기 위해서는 그냥 루를 데리고 다른 곳으로 도피해 살아가면 그만일 것이다.

하지만 과연 그런 삶이 훗날 그녀에게도 행복을 안겨다 줄 것인가?

하루하루 죄인처럼 숨어 지내야만 하는 인생이 되고 만다.

루는 아무것도 잘못하지 않았다.

그러니 숨어 살아야 할 이유가 없다.

가장 좋은 건, 멜레사의 자리에 루가 서는 것이다.

난 지금 그러기 위해서 멜레사의 비위를 맞춰주려는 것이다.

아무것도 모르는 멜레사는 격정의 새벽을 맞은 후에 한 번도 본 적 없는 행복한 얼굴로 잠이 들었다.

드디어 내가 마음을 연 것이라 생각한 건가?

'참 웃기는군.'

평소에는 그토록 냉정하게 날 관찰하고 지켜보던 여자다.

내가 루에게 마음이 있다는 것도, 약혼녀인 자신을 돌 보듯 한다는 것도 모두 명확하게 파악했다.

한데 그녀를 품에 안아주니 냉정은 눈 녹듯이 사라져 버렸다.

지난 밤 그녀는 감성으로만 가득 찬 어린아이 같았다.

이성적인 판단을 내리지 못했다.

그러니 수마의 유혹에 빠져 단잠에 든 것이겠지.

내 속에 감추어둔 마음을 봤다면, 과연 잠에 들 수 있었을까?

아니, 현실도 악몽 같았을 것이다.

애석하게도 멜레사가 악몽을 마주해야 할 날은 이제부터 하루하루 다가오며 카운트다운된다.

내가 그렇게 만들 테니.

'날 원망해라. 얼마든지 원망해라. 그리고 끝내 용서하지 마라. 나 역시 널 원망하였으니.'

내가 지난 날 지옥 속을 거닐며 깨닫게 된 것은 하나다.

내가 지옥을 겪을 바엔, 타인을 지옥으로 보내 버려야 한다는 것.

멜레사를 지옥으로 떠밀어야, 내가 행복한 낙원을 손에 넣을 수 있다.

*　　*　　*

"누가 알았겠어요. 그 콧대 높은 바람둥이 백작이 날 마음에 두고 있었을 줄. 공작님이 루를 만나기 위해 성을 오랫동안 비웠던 날. 연회장에서 만났는데 글쎄 은근히 추파를 던지지 뭐예요? 그래서 제가 뭐라 그랬는 줄 알아요? 아랫도리가 가벼운 남자는 마음도 가벼우니 언감생심 꿈에도 생각지 말라 그랬죠."

멜레사는 나와 식사를 하며 즐거운 듯 떠들어댔다.

그녀는 예쁘고, 아름답다.

모든 남자가 탐을 낼 만큼.

심지어 약혼자인 내가 있는데도, 추근대는 이가 있을 정도다.

말을 하며 멜레사는 은근히 내 눈치를 살폈다.

내가 질투해 주기를 바라는 듯했다.

그걸 원한다면 그렇게 해주어야겠지.

"조만간 툴란 백작을 만나러 가야겠군."

멜레사가 은근히 기뻐하며 손사래 쳤다.

"그러지 말아요. 괜히 저만 입 싼 여자 되겠어요."

"그래도 내 여인에게 가져선 안 될 마음을 품었는데 그냥 있을 수 있겠소."

멜레사의 얼굴에 미소가 만개했다.

"정말 공작님이 이렇게 변할 줄은 생각도 못 했어요."

"나 역시 몰랐소."

"매일매일이 오늘 같았으면 좋겠어요. 그럼 더 이상 바랄 게 없을 것 같아요."

"그렇게 될 거요."

그 이후로도 멜레사는 계속해서 자신에게 추근댄 다른 귀족들의 흉을 보며 내 반응을 즐겼다.

하지만 그녀는 지금 자신의 무덤을 파고 있다.

그녀를 어떻게 파멸시켜야 할지 궁리하던 내게 아주 좋은 소스를 던져 주었기 때문이다.

'누구라도 한 번은 꺾어보고 싶어 하는 꽃.'

조금의 빈틈만 보여도 남자는 그녀를 품에 안으려 할 것이다.

그럼 그 빈틈을 내가 만들어주면 된다.

며칠 밤을 같이 보내본바, 멜레사는 남자 경험이 많은 여인이다.

지금은 내 약혼녀가 되어 얌전히 보내는 듯하지만, 속에 가득 차 있는 욕정을 버릴 수는 없을 것이다.

난 그걸 이용하기로 했다.

Chapter 4
파멸의 멜레사

햇살이 좋은 날이었다.

나는 루의 방을 찾았다.

루는 오늘도 거짓된 미소로 나를 반겼다.

그 미소 속에 감추어진 슬픔과 아픔을 나는 느낄 수 있었다.

"공작님, 어쩐 일이세요?"

"꼭 무슨 일이 있어야만 방문해야 하는 건가요?"

"네? 아, 아니요. 그런 건 아니에요. 아, 들어오세요."

루의 방 안으로 들어서서 테이블에 앉았다.

테이블 위엔 아직 식지 않은 홍차 한 잔이 놓여 있었다.

루는 나처럼 홍차를 즐겨 마시곤 했다.
난 남은 홍차를 홀짝였다.
그러자 루가 적잖이 당황하며 말했다.
"아… 그건 제가 마시던 건데. 홍차가 드시고 싶으시면 제가 새로 내올게요."
"아니, 괜찮아요."
"그래도… 더러우실 텐데."
더럽다.
그런 건 당신에게 어울리는 단어가 아니지.
멜레사라면 모를까.
"루."
"네?"
"이곳 생활 많이 힘들 겁니다."
"아니요, 편하고 좋아요. 시종분들도 잘 챙겨주시고."
그리 말하는 루의 눈을 빤히 바라보았다.
"왜… 그러세요?"
"몸이 편하다고 다 편한 건 아닐 겁니다. 마음이 편해야 진정 편한 것 아니겠습니까."
루가 쓴웃음을 머금었다.
그녀는 터져 나오려는 한숨을 억지로 참는 것 같은 얼굴로 말했다.
"그렇지 않아도 곧 떠나려 했어요."

"떠나다니? 어디로 말입니까."

"제가 살던 곳으로요. 역시… 이런 생활은 저한테 맞지 않아요. 송충이는 솔잎을 먹고 살아야 한다죠. 저한테는 제가 살던 그 작은 마을이 분수에 맞아요."

"이곳이 당신한테 과분하단 말입니까?"

"네. 아뢰기 황송하오나 사실 그래요. 모든 것이 다 과분하네요. 제 주변 환경도, 저한테 끝까지 말을 높이시는 공작님의 배려심도. 아니, 과분하다 못해 지나쳐서 불편할 정도예요. 죄송해요."

루는 남에게 쓴소리, 싫은 소리를 잘 못하는 여인이다.

그런데 지금은 뭔가 단단히 마음을 먹은 것 같았다.

이런 식으로 정을 끊고 돌아가려 하는 것이다.

하지만 난 절대 그녀를 이대로 놓아줄 생각이 없다.

"알겠습니다. 정 그렇다면 내가 붙잡을 순 없겠지요."

"…이해해 주셔서 감사해요."

"하지만 나도 부탁이 하나 있습니다."

"무슨……?"

"돌아가기 전, 마지막으로 나와 여행을 떠나주었으면 합니다."

"여행이라구요?"

"그렇습니다."

"안 될 말이에요. 공작님께는 멜레사 님이 있으시잖아요.

분명히 기분 나빠 하실 거예요."

"그녀도 함께 갈 겁니다."

"죄송해요. 전 지금 공작님께서 하시는 말씀이 무슨 뜻인지 잘 모르겠어요."

그래.

이해가 가지 않는 게 정상이겠지.

루가 아니었다면 이런 대답을 하지도 않았을 테고.

보통의 여자들 같았다면 소드 마스터이자 신검의 칭호를 단 내가, 게다가 공작이라는 직위까지 갖고 있는 제서스 로드리만이 여행을 가자 했으면 무조건 그러겠다 했을 것이다.

내게 약혼녀가 있든 없든 그런 건 신경도 쓰지 않았을 테지.

하지만 루는 달라.

그녀는 오로지 나라는 인간 자체만 본다.

내 배경이나 위치, 허울 좋은 겉모습 같은 건 애초에 안중에도 없는 여인이다.

그래서 난 그녀가 좋고, 그러하기에 지금 당장 가슴이 아플지라도 거짓을 말해야겠다.

"내가 같이 가자 한 건, 당신이 여행 중 나와 멜레사 두 사람의 시중을 들어줬으면 해서입니다."

"…네?"

루는 선뜻 이해되지 않는다는 얼굴이었다.

그도 그럴 것이다.

반년 전에는 자신을 지켜주겠다며 데려온 사람이, 지금은 느닷없이 약혼녀와 오르는 여행길에 시종 일을 맡아달라 한다니.

상식 밖의 요구였다.

루는 한참 동안 말없이 날 응시했다.

그러다가 굳은 얼굴을 펴고서 고개를 끄덕였다.

"네. 알겠어요. 언제 떠나실 거죠?"

"내일. 아침 일찍 움직일 생각입니다."

"네 준비해 놓을게요. 따로 제가 챙겨야 하는 것들이 있다면 일러주세요."

"당신 짐만 챙겨놓으면 됩니다. 여행은 일주일 정도 예상하고 있습니다."

"알겠어요."

"그럼 쉬십시오."

난 루의 방을 나왔다.

그녀가 조용히 문을 닫았다.

"후우."

뒤이어 작은 한숨 소리가 문 너머에서 들렸다.

지금의 내 청력은 범인의 수준을 훨씬 넘어선다.

이것은 본래 내 힘이 아니다.

인생을 한 번 더 살게 되면서 얻게 된 힘이다.

터벅터벅.

복도를 거닐어 그녀의 방에서 멀어져 갔다.

그러나 여전히 내 귀엔 루의 방 안에서 나는 소리가 전부 흘러들어 왔다.

"그동안 너무 편하게만 지냈었죠. 정말 사람이라는 게 간사한 것 같아요. 공작님께서 저한테 그런 부탁을 하는 게 하등 이상할 게 없는데도 서운한 마음이 들 뻔했어요. 제가 뭐라고……. 공작님의 입장에서 보자면 아무것도 아닌 평민일 뿐인데. 여태껏 보살펴 준 은혜에 감사해하지 못할망정……. 정말 염치가 없네요, 나란 여자. 더 못된 마음이 들기 전에 떠나야겠어요. 감사했어요, 공작님."

"……."

그녀의 한마디 한마디가, 그녀의 구슬픈 음성이, 내 가슴을 후벼 판다.

칼로 가슴을 뚫고 심장을 휘젓는 것 같다.

하지만 참아야 한다.

이 아픔은 훗날의 행복이 되어 돌아올 테니.

*　　*　　*

"여행이라구요?"

"그렇소."

"아무런 말도 없다가 이렇게 갑자기요?"

멜레사가 고개를 모로 꺾으며 물었다.

"싫소?"

이번에는 고개를 가로저었다.

"아니요, 그럴 리가요. 당신과 함께하는 여행이 싫을 리 있겠어요?"

"내일 일찍 떠날 예정이오."

"알았어요. 시종에게 짐을 준비토록 할게요. 얼마나 떠날 예정인가요?"

"일주일 정도 될 거요. 그리고 루도 동행시킬 예정이오."

그 말에 멜레사는 살짝 미간을 찌푸렸지만, 그것은 찰나였다.

그녀는 언제 그랬냐는 듯 다시 미소를 머금고 물었다.

"루는 왜요?"

"여행하는 동안 우리 시중을 들게 할 생각이오."

"그런가요? 하지만 시중을 들게 할 요량이라면 차라리 로드리만 가의 시종 중 한 명을 데려가는 게 낫지 않을까요? 루가 시중드는 일에 익숙지도 않을 테고요."

"여행에서 돌아오면 루는 우리 가문을 떠날 것이오. 그전에 마지막으로 바깥 공기가 쐬게 해주고 싶어서 그렇소."

멜레사의 눈썹 끝이 살짝 떨려왔다.

"루가… 떠난다구요?"

"고향이 그리운 모양이더군."

"아… 그렇군요. 맞아요. 충분히 그런 마음이 들 법하죠. 여기에 와서 지금까지 딱히 하는 일도 없이 시간만 축냈으니. 이해해요. 안 그래도 루가 걱정되던 참이었는데, 차라리 잘됐네요."

그녀는 뻔뻔하게 거짓을 말했다.

겉과 달리 속으로는 쾌재를 부르고 있을 것이다.

"어찌 되었든 그렇게 알고 계시오."

"알겠어요. 그런데 처음 행선지는 어딘가요?"

난 멜레사를 지그시 바라보며 대답했다.

"반 포이르 남작의 저택이오."

*　　*　　*

다음 날.

내 가문은 나와 멜레사의 여행 준비로 분주했다.

시종들은 새벽부터 일어나 여행에 필요한 짐들을 마차에 실었다.

루도 시종들과 그 일을 거들었다.

아침나절이 되어서 모든 준비가 끝났다.

나와 멜리사, 그리고 루는 마차 안에 올랐다.

멜레사는 내 옆에 팔짱을 끼고 앉았고, 루는 우리 맞은편에 앉았다.

"당신과 처음으로 떠나는 여행이라 너무 설레네요."

멜레사는 평소보다 더 교태 섞인 음성으로 말했다.

루의 심사를 뒤틀리게 하기 위해서였다.

루는 최대한 우리 쪽을 쳐다보지 않으려 노력했다.

그리고 담담함을 유지하려 애썼다.

마차는 빠르게 달렸다.

반 포이르 남작의 저택은 마차로 딱 반나절이 걸린다.

오늘 밤에는 반 포이르 남작의 저택에서 머물게 되는 것이다.

아울러 멜레사의 거짓된 행복도 오늘 밤에 끝을 맺는다.

전생에 루의 인생을 망가뜨렸던 반 포이르 남작으로 인해서.

* * *

반 포이르 남작에게는 미리 전갈을 넣어둔 후였다.

저녁 무렵 우리는 반 남작의 저택에 도착했다.

반 남작은 그 돼지 같은 얼굴에 함박웃음을 머금고 우리를 반겨주었다.

"신검 제서스 로드리만 공작 각하. 이 누추한 곳까지 행차해 주시어 가문의 영광으로 생각하는 바입니다."

가문의 영광이라.

그 영광이 오늘 네 가문을 피바다로 만들어놓는다 해도, 그리 말할 수 있을까?

"우리가 이렇게 보는 게 이번으로 세 번째인가?"

반 포이르 남작과는 일전에 연회장에서 두 번 정도 마주친 적이 있었다.

물론 난 그의 안 좋은 소문에 대해 익히 알고 있던지라 굳이 연을 맺으려 하지 않았다.

하지만 반 남작은 자신을 철저히 무시하는 내게 와서 어떻게든 눈도장을 박으려고 주접을 떨어댔었다.

당시 냉랭하기만 했던 내가, 이렇게 몸소 자신을 찾아왔으니 기분이 좋을 수밖에 없을 것이다.

내 물음에 반 남작의 얼굴엔 화색이 돌았다.

"기억해 주셨습니까? 저는 저 같은 미천한 귀족 따위 안중에도 없는 줄 알았습니다."

"그럴 리가. 분명히 기억하고 있었네."

"정말로 감사드립니다."

난 그에게 멜레사를 소개했다.

"인사하게. 내 약혼녀 멜레사일세."

멜레사를 바라보는 반 남작의 눈동자에 일순 욕정이 일었다.

짧은 순간이었지만 반 남작은 멜레사의 가슴과 골반을 빠르게 훑었다.

놈은 멜레사를 품고 싶어 한다.

색에 환장한 인간인 만큼 멜레사가 조금만 틈을 보이면 발정한 개마냥 달려들 것이다.

반 남작이 헤벌쭉 미소 지으며 멜레사에게 인사를 건넸다.

"처음 뵙겠습니다. 브리안 백작가의 영애 되시죠? 듣던 대로 대단한 미인이시로군요. 이거, 제서스 공작 각하가 너무나 부러워지는걸요? 하하하하하!"

반 남작이 크게 웃었다.

웃는 얼굴에 주름이 자글자글하고 기름기가 좔좔 흐르는 게 딱히 보기 좋은 비주얼은 아니다.

하지만 멜레사는 그런 반 남작을 보며 재미있다는 듯 함께 웃었다.

그건 처음 대면한 사람에 대한 예의 따위에서 나온 웃음이 아니었다.

멜레사는 너스레 떠는 반 남작을 보며 진정 즐거워하고 있었다.

짐승은 짐승을 알아본다.

반 남작도 멜레사도 짐승이다.

늘 욕정에 목이 말라 있는 철저한 짐승이다.

인사를 나눈 둘 사이에 묘한 기류가 흘렀다.

물론 그것은 그저 기류만으로 끝날 가능성이 높았다.

그녀는 지금 나를 놓칠 만큼 멍청한 잘못을 저지르지 않을 테니 말이다.

하지만 내가 조금만 손을 쓰면 그 기류는 심상찮은 달콤함을 머금고 핑크빛으로 물들 것이다.

거기에 정신이 팔려 돌이킬 수 없는 행위를 저지르고 난 이후엔 둘 다 파멸의 길을 걷고 있겠지.

한 여인의 인생을 망쳐 버린 더러운 것들아.

이 저택이 너희들을 사냥할 사냥터다.

*　*　*

반 남작은 나와 멜레사에게 가장 좋은 객실을 내주었다.

루에게는 일반 하인들이 쓰는 빈방을 배정해 주었다.

루는 애초에 시종의 입장으로 따라온지라 좋은 대접을 기대하기는 힘들었다.

방을 배정받은 다음엔 만찬이 열렸다.

역시 이 만찬에도 루는 초대받지 못했다.

그녀는 따로 지급된 음식을 그녀의 방에서 혼자 먹어야 했다.

반 남작은 만찬 자리에 좋은 술을 가져와 우리에게 권했다.

나는 술을 그다지 즐기지 않는 편이다.

하지만 멜레사는 좋아했다.

반 남작이 따라주는 술을 좋다고 받아 마셨다.

두 사람 다 얼큰하게 취기가 오르자 웃음이 잦아졌다.

그리고 나를 바라보는 멜레사의 눈에 점점 욕정이 차올랐다.

최근 이틀간은 멜레사를 안아주지 않았다.

오늘을 위해서였다.

색을 밝히는 여인이 계속해서 안아주던 남자에게 안기지 못한 만큼 몸이 잔뜩 달아올라 있을 것이다.

거기에 술까지 들어갔다.

오늘 밤을 그냥 보낸다는 건 그녀에겐 가혹한 일이리라.

하지만 난 절대 그녀를 안아줄 마음이 없었다.

술이 몇 순배 더 돌고 나서 나는 반 남작에게 제안을 하나 했다.

"우리 방으로 자리를 옮겨 마시는 게 어떻겠는가."

그러자 반 남작은 과하게 손사래를 쳤다.

"아닙니다. 제가 어찌 두 분이서 묵는 방에 발을 들이겠습니까. 피곤하시면 만찬은 여기서 파하고 그만 쉬도록 하시지요."

"아닐세. 내 아내도 이제 한참 홍이 올랐는데 그냥 끝낼 수야 있겠나. 난 피곤하면 먼저 누워 잘 테니, 우리 방으로 옮겨서 한잔 더 하게나."

"하나……."

반 남작이 또다시 겸양하자 멜레사가 내 말을 거들었다.
"그래요. 같이 가서 한잔 더 해요, 백작님."
"그럼… 염치 불고하고 그렇게 하겠습니다. 하하하하!"
멜레사까지 나서니 반 남작도 어쩔 수 없다는 듯 제의를 거절하지 않았다.
우리 셋은 방으로 자리를 옮겼다.
거기서도 술은 계속 이어졌다.
멜레사와 반 남작은 흥이 오를 대로 올라 완전히 막역한 사이처럼 서로를 대했다.
그러다 멜레사가 점점 솟구치는 욕정을 참기 힘든지 슬슬 반 남작을 돌려보내자는 신호를 보냈다.
나는 그것을 모른 체하고 버티다가 돌연 자리에서 일어났다.
"속이 좀 좋지 않군."
내 말에 반 남작은 취해버린 와중에도 날 챙기려 들었다.
"아니, 속이 안 좋으시다구요? 혹 제가 대접한 만찬 음식 중 입에 맞지 않는 것이라도 있던 건 아니셨는지 염려됩니다."
"그런 건 아니야. 평소보다 술이 좀 과해서 그런 것 같군. 난 속을 비우러 다녀올 테니 둘이서 계속 자리를 즐기도록 해."
"아, 그러십니까. 알겠습니다. 부디 편안한 속으로 돌아십시오."

"빨리 오셔요."

난 대답 대신 고개를 끄덕이고 미리 숨겨 왔던 작은 유리병을 꺼냈다.

유리병 안에는 고운 입자의 가루가 가득 담겨 있었다.

한 손으로 유리병의 뚜껑을 열어 두 사람이 모르도록 허공에 뿌린 뒤, 숨을 참고 밖으로 나와 문을 닫았다.

'이제 서로 말만 섞고 있지는 못하겠지.'

유리병에 담겨 있던 건 '루마의 가루' 다.

사람의 성욕을 수십 배 이상 증폭시켜 버리는 위험한 물건으로 뒷세계에서 노는 인간들이 거래하는 마약의 일종이다.

난 그것을 미리 구해 가져온 것이다.

멜레사와 반 남작은 루마의 가루를 들이켰을 테니, 자연히 서로 몸을 섞게 될 테지.

멜레사는 이틀간 욕정을 해소하지 못한 상태고, 반 남작은 멜레사에게 성욕을 느끼고 있는 상태다.

그런 둘이 루마의 가루를 흡입한 이상 상대방을 탐하지 않는다는 건 말도 안 되는 이야기다.

나는 루가 묵고 있는 방으로 향했다.

똑똑.

문을 두들기니 안에서 대답이 들려왔다.

"누구시죠?"

"접니다."

하지만 문은 열리지 않았다.

대신 차가운 음성이 나를 밀어냈다.

"공작님, 밤이 늦었어요. 무슨 일인지 모르겠지만 내일 얘기하면 안 될까요?"

난 루의 말을 듣지 않고 손잡이를 잡아 돌렸다.

루가 배정받은 곳은 시종의 방이다.

시종들은 사생활이 없다.

특히나 반 남작처럼 호색한 밑에서 일하는 시종들에게는 더더욱 그렇다.

시종 중 얼굴이 반반하게 생긴 하녀의 경우 언제든 반 남작을 받아들일 준비가 되어 있어야 한다.

그러니 문에 잠금장치 같은 건 애초부터 달려 있지 않았다.

생각대로 문은 손쉽게 열렸다.

문 너머에는 당황한 얼굴의 루가 침대에 앉아 날 보고 있었다.

"공작님……."

난 비척거리며 침대로 다가갔다.

그리고 루의 허락도 받지 않은 채 그녀의 옆에 쓰러지듯 누워버렸다.

루가 그런 날 바라보다 물었다.

"술… 드신 건가요?"

"네."

"취하셨나 봐요. 돌아가서 주무시고 내일 맑은 정신에 대화했으면 해요. 이러고 있는 걸 멜레사 님께서 보시기라도 하면 사단이 일어날 거예요."

"멜레사… 그녀는 지금 나 따위 안중에도 없습니다."

"그게 무슨 말씀이세요?"

"들리지 않으세요? 이 소리가?"

"무슨……."

"모든 것을 놓아버린 두 마리 짐승의 교성 소리 말입니다."

루는 입을 다물고 밖에서 들리는 소리에 귀를 기울였다.

루마의 가루에 취한 둘은 세상이 떠나가라 교성을 내지르며 몸을 섞는 모양이었다.

방문 밖으로 삐져나온 교성이 계단을 타고 내려와 복도를 지나쳐 루의 방 안까지 흘러들어 왔다.

아주 작은 소리였지만 내 귀엔 크게 들렸고, 루 역시 집중을 하면 충분히 들을 수 있을 터였다.

"……!"

놀란 루가 자신의 입을 틀어막았다.

그녀의 눈이 휘둥그레졌다.

지금의 상황을 믿을 수 없는 건지 망부석처럼 굳어서는 날 바라보았다.

"난 지금 혼란스럽습니다. 내가 어떻게 하는 건지 모르겠습니다. 당신은… 알고 있습니까?"

"공작님……."

"말해주세요. 내가 어떻게 해야 합니까."

그에 대한 답을 루가 어떻게 알겠는가.

그녀는 모른다.

이런 상황 자체를 겪어보지 못한 여인이다.

난 루의 손을 꽉 움켜쥐었다.

놀란 그녀가 움찔거리며 손을 빼려 했다.

하지만 내 힘을 어쩌지는 못했다.

"공작님, 이러시면……."

"루. 그냥 잡아주면… 안 됩니까?"

버둥거리던 루의 움직임이 멎었다.

난 손에서 힘을 뺐다.

하지만 루는 내 손에서 손을 빼지 않았다.

"잠깐만… 잠깐만 여기서 이러고 있게 해주십시오."

"……."

대답은 들려오지 않았다.

난 그것을 무언의 허락으로 받아들였다.

"고맙습니다, 루. 누군가 지금 날 잡아주지 않는다면 난 무슨 짓을 벌일지 알 수 없습니다."

* * *

교성은 오래도록 이어졌다.

그러는 동안 난 루의 품에 반쯤 안겨 계속 위로받고 있었다.

사실 위로 따위 필요 없는데.

새벽이 어둠을 밀어낼 때쯤 되어서야 교성은 잦아들었다.

비로소 두 사람이 정신을 차린 모양이다.

그제야 난 루의 품에서 벗어났다.

그리고 방을 나서려 했다.

그런 날 루가 뒤에서 붙잡았다.

"공작님, 어떻게 하시려구요?"

"…사실대로 말하겠습니다. 그녀는 저와 약혼한 사이이지만 저는 그녀를 사랑한 적 없습니다. 단 한순간도. 제가 그녀를 받아들였던 이유는 후대를 잇기 위해서였습니다. 저는 어리석게도 평생토록 그 어떤 여인조차 사랑하지 못할 거라 생각했습니다. 그런데… 그런데 루를 만나고 말았습니다."

"…공작님?"

루의 눈동자가 파르르 떨려왔다.

"그래요. 저는 당신을 사랑하게 되었습니다. 하지만 표현할 수 없었습니다. 약혼자가 있는 몸이니 그 마음을 숨겨야 했습니다. 당신을 지켜주겠다는 명목하에 가문에 들인 것도 그렇게나마 곁에 두고 싶었기 때문입니다. 하지만… 이제는 솔직해져야겠습니다. 더 이상 전 멜레사를 제 사람으로 생각하지 않겠습니다."

"……."

"제 마음이 향하는 곳은 루, 당신입니다. 당신을… 가져야겠습니다."

루의 입이 다시 닫혔다.

그녀의 눈에서 눈물이 주르륵 흘러내렸다.

왜 우는 건지, 눈물의 의미가 무얼 뜻하는지 알 수 없었다.

그래서 불안해졌다.

"루… 만약 제 마음이 일방적인 것이라면……."

"아니요."

다시는 열리지 않을 것 같았던 그녀의 입이 너무도 쉽게 열렸다.

그녀와 나의 시선이 어지럽게 얽혔다.

루가 천천히 손을 내밀어 내 뺨을 어루만졌다.

"그런 게 아니에요. 오히려 전… 제 마음이 일방적인 것이라고만 생각했었어요. 그래서… 그래서 떠나려 했어요. 이 마음이 너무 아파서. 너무 괴로워서."

"루……."

루와 나는 누가 먼저랄 것도 없이 서로를 안았다.

이것으로 됐다.

나도, 그녀도 그동안 속에만 품고 있던 마음을 확인했다.

이제 루를 지옥으로 몰아넣었던 것들을 처리해야 하는 일만이 남았다.

루를 조심스레 밀어내고 몸을 일으켰다.

"공작님?"

"여기서 잠깐만 기다리십시오."

"무얼… 하시려구요?"

"나를 기만한 이들에게 단죄를 내릴 겁니다. 봐서 좋을 것이 하나도 없을 테니 여기서 기다리십시오."

"…알겠어요. 공작님 말대로 따를게요."

루는 내가 무엇을 하려는지 알고 있을 것이다.

하지만 날 막지 않았다.

그녀도 우리 사이에 방해가 되는 모든 것들을 지우고 싶은 것이리라.

몇 달간 마음속에서 곪아 터진 상처는 그녀를 조금 더 독하고 강한 여인으로 만들었다.

*　　*　　*

입이 열 개라도 할 말이 없을 것이다.

반 남작과 멜레사는 실오라기 하나 걸치지 않은 모습 그대로 사색이 되어 날 바라보고 있었다.

둘이 있던 방 안은 환락에 취해 내뿜었던 뜨거운 열기로 가득했다.

내 손엔 검이 들려 있었다.

"고, 공작님. 이러지 마세요."

"가, 각하! 이, 이건 오해가……!"

"닥쳐라!"

내 일갈에 둘 다 입을 다물었다.

반 남작은 사시나무 떨 듯 몸을 떨어댔다.

"감히 나를 기만해? 네놈은 목숨이 열 개라도 되는 모양이구나!"

"가, 각하! 제, 제발… 제발 자비를 베푸시옵소서!"

"내가 지금 자비를 베푼다면 난 세상의 조롱거리가 될 것이다."

"하, 함구하겠습니다! 절대로 이번 일을 발설하지 않겠습니다!"

"함구하겠다?"

"그렇습니다! 이번 일이 밖으로 새어 나가면 각하께서는 필시 세상의 조롱을 받게 될 것이옵니다! 하지만 이 자리에 있는 셋만 입을 다문다면 이번 일은 없는 일이 되옵니다! 하나 저를 처단하시오면 이 일은 세상 모든 이가 알게 될 것이옵니다!"

반 남작은 살 기회를 잡았다고 생각했는지 열심히 혀를 놀렸다.

가소로운 놈.

나는 이미 지옥 같은 인생을 살아봤던 인간이다.

고작 세상의 조롱 따위가 두려워 그런 말을 했을 것이라 생각하는 것이냐?

"네 녀석의 목숨을 살려준 대가로 평생 네가 입을 다물 거라는 보장을 어찌 하느냐. 나는 널 단죄하여 약혼녀 하나 간수 못 한 덜떨어진 공작이라는 조롱은 두렵지 않다. 하나! 약혼녀를 탐한 자를 살려둔 못난 사내라는 조롱은 듣기 싫다. 그러니 네 목을 베야겠다."

"가, 각하!"

반 남작이 바닥에 털푸덕 주저앉아 뒤로 엉금엉금 물러났다.

그리고 그것은 그의 마지막 발악이 되었다.

서걱!

"……!"

"꺄아악!"

반 남작의 머리가 바닥에 굴렀다.

머리를 잃은 놈의 몸뚱이가 피를 뿌리며 옆으로 넘어갔다.

난 서슬 퍼런 시선을 멜레사에게 돌렸다.

그녀가 돌연 무릎을 꿇고서 두 손을 모아 싹싹 빌었다.

"사, 살려주세요. 제발 이러지 마세요. 이, 이건… 그러니까 실수였어요. 술이 과했나 봐요. 고, 공작님께서는 저를 사랑하시잖아요. 사랑으로… 하, 한 번만 눈 감고 넘어가 주세요!"

사랑?

처음부터 그런 건 없었다.

"멜레사."

"네, 네 공작님!"

"늦었소."

"…네?"

"당신의 목을 베고 브리안 백작가와의 전쟁을 선포하겠소. 이미 명분은 더 찾지 않아도 될 만큼 충분할 테니!"

"고, 공작님! 제발 이성을……!"

난 지금 충분히 이성적이다.

서걱.

"……."

툭. 데구르르.

멜레사의 머리도 바닥에 떨어져 뒹굴었다.

그녀의 눈이 두어 번 깜빡였다. 그러고는 눈꺼풀이 파르르 떨렸다.

쩍 벌어진 입을 벙긋거리다가 절명했다.

몸뚱이는 반 남작의 몸뚱이가 그랬던 것처럼 힘없이 쓰러졌다.

이것으로 끝이다.

남은 건 브리안 백작가가 어찌 나오는지 보고 거기에 대처하는 일뿐이다.

하나 겁날 건 아무것도 없다.

브리안 백작가의 힘은 강하지 않다.

게다가 명분도 내게 있다.

그들은 함부로 움직일 수 없을 것이다.

*　　*　　*

루와 함께 로드리만 공작가로 돌아왔다.

우리 두 사람은 내 방 발코니 테이블에 마주 보고 앉아 술을 주고받았다.

지금은 술의 힘이 조금 필요했다.

그녀에게나, 나에게나.

루는 내가 생각했던 것보다 훨씬 술이 강한 여인이었다.

벌써 화주를 두 병이나 같이 비웠는데도 흐트러진 모습 하나 보이질 않았다.

다만 얼굴은 조금 붉게 달아올라 있었다.

난 비어 있는 그녀의 잔에 술을 채워주며 물었다.

"앞으로 힘든 일이 계속 벌어질지도 모릅니다. 견딜 수 있겠습니까."

루가 호수처럼 잔잔한 미소를 머금었다.

"공작님, 저는 이 저택에 오게 된 이후부터 줄곧 힘들었어요. 차라리 세계가 멸망해서 죽어버리는 게 낫겠다는 생각이 들 만큼… 사랑이라는 건 사람을 아프고 힘들게 만들더군요. 태어나서 이토록 괴로웠던 적이 없었어요. 그러니 앞으로 공작님만 제 곁에 계셔주신다면 어떠한 역경이 닥쳐와도 헤쳐나갈 자신이 있어요."

"…고맙습니다."

"그보다… 이제 말을 편히 놓으셔도 될 텐데요."

"…알겠소."

"그것도 높인 거잖아요."

"이건 내가 사랑하는 사람에 대한 최소한의 예의요."

"알았어요. 저도 그 정도까지는 양보할게요."

루가 날 바라보며 환히 웃었다.

필시 내 얼굴 담긴 미소도 그녀와 닮아 있겠지.

행복하다.

그래, 내가 바란 건 이런 행복이었다.

이제 되었다.

이것으로 된 것이다.

앞으로 어떤 일이 벌어져도 내게 후회는 없다.

띠링!

—제서스의 진실 퀘스트를 완료하셨네요~ 제서스와 루는 앞으로

행복한 나날을 보내게 되겠죠? 선행을 쌓아 특전으로 히든 소울 '제서스 로드리만' 이 귀속됩니다.

띠링!

퀘스트 종료.
일체화되었던 영혼의 기억에서 분리되어 루의 영혼 속으로 재접속합니다.

두 번의 기계음이 들린 후, 나는 제서스의 육신 안에서 빠져나왔다.
제서스와 루는 서로를 사랑스러운 시선으로 바라보며 즐거운 시간을 보내고 있었다.
허공을 부유하던 내 주위로 환한 빛이 일었다.
그리고 눈앞의 광경이 변했다.

* * *

정신을 차렸을 때 나는 마제스의 신전에 멍하니 서 있었다.
루… 나는 루다.

영혼의 보옥을 삼키고 제서스의 기억을 읽었다.

그가 얼마나 날 사랑했었는지 알게 되었다.

나 혼자 했던 가슴 아픈 사랑이 아니었다.

그것을 확인하고 나니 앞으로 내가 어떻게 해야 할지 알게 되었다.

제서스가 내 마음을 확인하고, 나와 그의 사이를 이간질시키려 했던 멜레사의 본 모습을 알게 된다면 그는 필시 나를 택할 것이다.

멜레사에겐 미안한 일이지만, 이건 내가 겪어왔던 고통에 대한 보답이다.

나도 행복해야 할 권리가 있다.

그리고 그 행복을 내가 가지고 싶다.

"더 이상… 도망가지 않아."

난 신전에서 나왔다.

집으로 돌아와 다시 떠날 채비를 하고 길을 나섰다.

제서스를 보러 갈 것이다.

"제서스… 당신도 나처럼 레이브란데와 영혼의 계약을 하셨던 것이군요."

비록 내가 보게 된 그의 기억 중 일부는 그가 나처럼 레이브란데와 계약을 맺음으로써 새롭게 쓰게 된 역사였으나, 그건 아무래도 상관없다.

그의 마음을 확인했으니 그걸로 됐다.

나는 행복을 잡으러 갈 것이다.

띠링!

—'루의 후회' 퀘스트를 완료하셨네요~ 루는 이제 더 이상 예전의 연약한 여인이 아니랍니다. 그녀가 제서스 로드리만과 재회하게 된다면 이후부터 그녀의 인생은 행복으로 가득해지겠죠? 선행을 쌓아 1,023링크가 주어집니다.

띠링!

더블 퀘스트 종료.

일체화 되었던 영혼의 기억에서 분리되어 현실로 복귀합니다.

나는 다시 한 번 타인의 육신에서 빠져나왔다.

루는 씩씩한 걸음으로 자신의 길을 걷고 있었다.

'그나저나 한 번에 두 사람의 인생을 살았더니 정신이 하나도 없네.'

지금껏 내가 겪었던 퀘스트 중 가장 힘든 건 아니었으나 감정과 정신의 소모가 제일 컸다.

그래서 피로가 확 밀려왔다.

환한 빛이 일었다.

그 빛은 날 비로소 가상의 세상 속에서 빠져나올 수 있도록 도와주었다.

Chapter 5
설우의 계획

현실로 돌아왔다.

카시아스는 여전한 얼굴로 날 바라보고 있었다.

“끝났냐.”

녀석이 물었다.

“응.”

“순식간이군.”

순식간?

그건 오로지 카시아스의 입장에서 할 수 있는 얘기다.

내가 영혼의 퀘스트를 수행하는 동안 현실 속 시간은 멈춰버린다.

카시아스에게는 눈 깜빡할 찰나도 되지 않는 순간이겠지만, 내겐 어마어마한 시간이 흘러갔다.

"히든 소울을 얻었어."

"히든 소울?"

"응. 저번에는 히든 소울을 특전으로 주는 게 아니라 발견하는 데서 끝났었거든. 그러고는 직접 사게끔 만들더니 이번에는 그냥 주네."

"누구의 영혼이었지?"

"제서스 로드리만."

"신검… 아니 광검의 영혼이군."

"아니, 그 사람은 신검이야. 자기가 되고 싶어서 미치광이가 된 게 아니라고."

순간 나도 모르게 울컥했다.

조금 전까지 제서스의 삶을 살았기에, 너무 감정이입이 되어버린 모양이다.

하지만 카시아스는 크게 신경 쓰지 않는 눈치였다.

"아무튼 제서스의 영혼을 얻게 되었다면 그건 호재야. 데브게니안 대륙 전체를 통틀어 가장 강한 전설의 검사가 그였으니까."

"동의해. 대단한 사람이었어."

"그런데 발생한 퀘스트는 루의 영혼과 관련된 것 아니었나?"

"맞아. 그녀의 퀘스트를 진행하다 보니 연계 퀘스트로 제서스의 것이 하나 더 뜨더라구. 그래서 더블 퀘스트가 되어버렸어. 루의 퀘스트 안에 히든 퀘스트가 숨어 있었던 거지."

"마인드 탭을 열어봐. 제서스의 영혼이 갖고 있는 힘이 뭔지 궁금하다."

나도 그게 궁금해서 말하지 않아도 그럴 참이었다.

"마인드 탭."

이름 : 유지웅

소속 : 지구, 대한민국

성별 : 남

나이 : 20

영력 : 25/25

영매 : 26

아티팩트 소켓 4/4

보유 링크 : 38,760

숫자가 하나 늘어난 영매를 터치했다.

팅—

영매

패시브 소울 : 14

—강인한 육신[소라스]

—뛰어난 청력[파펠]

—뛰어난 자가 치유력[라모나]

—남성을 유혹[아르마](침묵)

—완벽한 절대미각[리조네]

—뛰어난 요리 실력[마르펭]

—뛰어난 민첩성, 근력[바레지나트]

—아이언 스킨[지그문트]

—굉장한 창술[블랑]

—굉장한 궁술[자비아]

—굉장한 리더십[길버트]

—포이즌[루카스]

—애니멀 링크[카인]

—완벽한 민첩성[벨로아]

액티브 소울 : 12

—낭아권[무타진/소모 영력 1/재충전 5초]

—화 속성 초급 마법 번(Burn)[마르카스/소모 영력 5초당 1]

—수 속성 초급 마법 아쿠아(Aqua)[레퓌른/소모 영력 5초당 1]

—천상의 목소리[로레인/소모 영력 5초당 1]

—뇌 속성 중급 마법 라이트(Light)[포포리/소모 영력 3초당 1]

—화 속성 중급 마법 파이어(Fire)[파멜라지나/소모 영력 3초당 1]

—지 속성 중급 마법 더트(Dirt)[제피엘/소모 영력 3초장 1]

—투시[잘루스/소모 영력 1초당 1]

—타임 리와인드[샹체/소모 영력 10/1일 3회 제한]

—섀도우 워커[크라임/소모 영력 3초당 1]

—투명화[루/소모 영력 3초당 1]

—검기[제서스/소모 영력 1초당 1]

패시브 스킬이 아니라 액티브 스킬이네.

"액티브 스킬이고 검기야."

"검기? 대단한 걸 얻었군."

검기는 소드 마스터들이 사용할 수 있는 무형의 기운이다.

마법과는 다른 개념으로 체내의 축적된 기운을 끌어내 검에 주입시켜 사용하는 것이다.

검기는 꼭 검을 들고 있어야만 사용할 수 있는 건 아니다.

나뭇가지를 들고 있어도 충분히 구현할 수 있다.

다만 나뭇가지 같은 경우 내구도가 워낙 약해 몇 번 휘두르면 검기의 힘을 견디지 못하고 박살 나버린다.

때문에 검기를 제대로 사용하려면 철제 무기를 들고 있는 게 좋다.

검기는 쇳덩어리도 두부처럼 썰어버릴 만큼 강력한 힘이다.

세상에 검기로 자르지 못하는 물체는 없다.

그만큼 검기라는 건 상당히 괜찮은 기술이다.

"근데 현대 사회를 살아가면서 검기 같은 게 필요할 일이 있을까?"

"여태껏 네가 얻은 능력 중 필요치 않은 게 있었나?"

"어떻게든 사용하기는 했지."

"검기도 어떻게든 사용하면 되겠군."

따지고 보면 뭐든 없는 것보단 낫다.

가지고 있다 보면 언젠가는 사용하게 될 날이 올 수도 있다.

아무튼 이제 남은 영혼의 수는 24.

그것을 다 모으면 레이브란데의 인과율은 끝난다.

"이제 그만 집에 들어가 봐라."

카시아스는 내가 집으로 향하던 골목길에서 나타나 줄곧

내 어깨에 올라타고 있었다.

그녀가 어깨에서 폴짝 뛰어내렸다.

난 어둠 속으로 사라지려는 그녀를 불러 세웠다.

"카시아스."

카시아스가 말없이 날 슥 돌아봤다.

"다음번엔 집에 초대해 줘."

"왜?"

"한번 가보고 싶어서. 어떻게 해놓고 사는지 궁금하기도 하고."

카시아스는 잠시 고민하더니 고개를 끄덕였다.

"그러지."

"언제 초대할 건데? 사람들이 가장 나쁜 게 그거야. 언제 한번 보자 해놓고 기약 없이 시간만 흘려보내다가 잊어버리는 거."

"지금 난 고양이다."

"…싸우자는 거냐."

카시아스가 다시 고개를 돌려 걸어가며 말을 이었다.

"내일 오든가."

그러고서는 순식간에 모습을 감춰 버렸다.

뭘까, 이 츤데레 같은 반응은.

어쨌든 나 초대받은 거 맞지?

그것도 당장 내일.

카시아스는 보이지 않았지만 어디선가 내 얘기를 듣고 있을 것이라 믿으며 말했다.

"알았다. 그럼 내일 데리러 와."

* * *

다음 날도 난 하교하자마자 백설우를 만나러 갔다.

백설우가 사는 저택엔 늘 경호원들이 정원을 지키고 있기에 투명화와 섀도우 워커는 필수였다.

난 아무도 모르게 백설우의 방까지 진입했다.

내가 투명화를 풀고 모습을 드러내자 백설우가 활짝 웃으며 날 반겼다.

"형, 왔어요?"

"그래, 왔다. 기분은 좀 어때?"

"좋아요. 형을 만나고 나서부터는 늘 좋았어요."

"다행이네."

설우는 이제 일반인과 별다를 것 없는 말투를 사용한다.

예전처럼 딱딱하게 말하지 않는다.

설우의 이런 변화는 내 가슴을 벅차게 만들었다.

"설우 너 진짜 이제는 자폐증 가지고 있던 사람이라 그러면 안 믿겠다."

"그런데 다른 사람들 만날 때는 예전처럼 말해요."

"왜?"

"나중에 크게 한 방 먹여주려구요. 저를 여전히 자폐아라고 아는 사람들한테."

"그래서 연기를 하고 있는 거다?"

"그렇죠."

"그것도 나쁘지 않네."

현재 로열 그룹의 사장은 설우의 아버지인 백천호다.

그리고 백천호에게는 부사장직을 맡고 있는 친동생 백중호가 있다.

백천호와 백중호는 불편한 관계다.

로열 그룹의 차기 사장 자리를 놓고 알력 다툼이 시작되었기 때문이다.

백천호는 자폐아인 설우 말고 멀쩡한 차남 백진우에게 사장 자리를 물려주고 싶어 한다.

그러한 사실은 백중호도 알고 있다.

해서 백중호는 사장 자리에 어떻게든 설우를 앉히려는 중이다.

그래서 차기 사장으로 설우를 지지하고 있다.

설우가 사장 자리에 오른 뒤, 자격이 되지 않는다는 이유로 경질되어야 백천호의 입지가 약해지기 때문이다.

그렇게 되면 기회는 백중호에게 온다.

그때에 가서 백중호는 자신의 아들들을 사장 자리에 추천

할 수 있게 된다.

백천호 역시 이러한 백중호의 의중을 알고 있다.

그래서 백천호에겐 설우가 계륵 같은 존재다.

자신의 피를 받아 태어난 자식이지만 잘못하면 설우 때문에 모든 일을 그르치게 될지도 모르기 때문이다.

때문에 백천호는 백설우가 조용히 죽어주길 바라고 있다.

되도록 불의의 사고로 죽어야 한다.

그러면 죽은 장남 대신 어쩔 수 없이 차남인 백진우를 사장 자리에 추천할 수밖에 없다는 명분이 생긴다.

'권력은 가족끼리 칼을 겨누게 한다더니.'

이런 일이 조선 시대에만 일어났던 게 아니다.

현실에서도 권력에 의한 동족상잔은 계속 벌어지고 있다.

아무튼 그런 관계로 백설우는 오히려 보호받아야 할 가족들에게 목숨을 위협받는 이상한 입장에 놓여 버렸다.

물론 지금 당장 백설우가 자폐증을 다 벗어버린 모습을 보여주면 가족들에게서 위협을 받지 않을지도 모른다.

하지만 그 즉시 백중호 무리에게 경계의 대상이 되고, 전력을 다해 제거하려 들 것이다.

게다가 백설우가 하루아침에 달라졌다고 한들, 여태껏 설우를 탐탁잖게 생각했던 백천호의 마음이 갑자기 돌아설지도 의문이다.

까딱 잘못했다간 이도 저도 아닌 상황에 놓여 버린다.

차라리 모든 이가 보는 공식적인 자리에 나서서 한 방에 터뜨리는 게 낫다.

그럼 아무런 문제도 없는 멀쩡한 후계자인 백설우의 입지가 확고히 굳어질 것이다.

"언제 터뜨릴 거야?"

내가 물으니 백설우는 이미 생각해 둔 것이 있는 듯 망설임 없이 대답했다.

"로열 그룹에서 주최하는 자선 행사에 참석할 거예요."

"자선 행사?"

"네."

좋은 생각이다.

로열 그룹은 기업의 이미지 관리 차원에서 수시로 자원 행사를 연다.

자원 행사의 대부분은 노숙자들을 상대로 무료 급식을 제공하는 것이다.

사랑의 밥차를 끌고 와 노숙자들에게 소중한 한 끼를 제공해 주는데, 그런 자선 행사엔 로열 그룹의 높은 사람들이 참여해서 직접 배식 봉사를 해준다.

물론 이건 국민들에게 보여줘야 하는 행사이기에 취재진도 많이 끌고 온다.

거기에서 백설우가 나타나 스포트라이트를 받는다면 더할 나위 없이 좋겠지.

"괜찮네, 그거."

"그렇죠?"

"그 행사가 언제쯤 열리는데?"

"이번 주 토요일이요. 종로에서 열릴 거예요."

"그래? 구경 가야겠다."

"네, 형. 꼭 오세요. 오셔서 제가 어떻게 하는지 봐주세요."

"당연히 그래야지."

오지 말라고 해도 반드시 갈 생각이다.

백설우는 지금 아군이 한 명도 없다.

행사에서 확 달라진 백설우의 모습에 누가 어떤 생각을 품고 돌발 행동을 할지 알 수 없는 일이다.

예전에 그런 사건이 있었다.

어느 거대한 기업에서 자선 행사를 열었는데, 배급을 받던 노숙자 한 명이 품에 숨기고 있던 칼을 꺼내 행사를 주최한 의원의 복부를 찔렀다.

다행히 의원은 목숨을 건졌지만 그 일로 트라우마가 생겨 의원직을 내놓게 되었다.

그건 단순히 노숙자에게 불의의 피습을 받은 것이 충격이었기 때문은 아닐 것이다.

노숙자가 아무 이유 없이 의원을 찌를 리가 없다.

누군가에게 사주를 받은 것이 분명하다.

노숙자는 사주 받은 적이 없다고 딱 잡아뗐지만 그 말을 누가 믿을 수 있겠는가.

언제 어디서 누군가가 다른 이의 사주를 받고 자신의 목숨을 노릴지도 모른다는 생각이 스스로 은퇴의 길을 밟게 한 것이리라.

아무튼 그 일로 한동안 세상이 시끄러웠다.

피습을 당한 의원이 당시 조금 핫할 때여서 그 사건은 모든 신문과 인터넷 매체에 헤드라인으로 자리 잡곤 했다.

그런 상황이니 내가 안심할 수가 없는 거다.

물론 설우가 자폐증을 이겨냈다는 사실은 그 전까지 비밀로 하게 될 것이다.

그리고 당일 날 모두가 알게 될 테니 당장 무슨 일이 일어날 확률은 낮다.

그래도 만에 하나라는 것이 있다.

난 기꺼이 그 만에 하나를 대비할 설우의 보험이 되어주려 한다.

"어쨌든 오늘도 마술을 시작해 보자."

설우는 내가 자신을 마술로 치료한다고 믿는다.

설우에게 난 세상에 몇 존재하지 않는 진짜 마술사였다.

처음부터 내 존재를 그렇게 알리며 접근했다.

그게 아니고서는 현대의 과학으로 설명할 수 없는 이 마법이란 현상을 이해시키기 힘들 테니.

"네, 형."

설우가 손을 내밀었다.

난 그 손을 잡았다.

"시작할게."

비욘드 텅의 힘을 설우에게 흘려보냈다.

설우의 몸 안엔 내가 레이븐 링으로 전이시킨 라모나의 자가 치유 능력이 있다.

이 자가 치유 능력은 비욘드 텅으로 인해 강화되고, 그로 인해 설우의 뇌세포가 균형을 맞추기 시작하여 자폐증이 치료되는 것이다.

"됐다."

비욘드 텅의 힘이 전달된 것을 확인하고서 손을 놓았다.

"진짜 신기한 것 같아요. 딱히 하는 것도 없는 것 같은데 제가 이렇게 좋아지다니요."

"뭐? 너 지금 형한테 아부하는 거지?"

"헤헤, 눈치챘어요?"

자식이, 많이 컸다.

그런 농담도 할 줄 알고.

"아무튼 내일 보자. 형 그만 가볼 테니까."

"네? 벌써 가려구요?"

"응."

"오늘도 늦게까지 있다 가세요, 형."

사실 전에는 설우와 늦도록 이야기를 하다가 돌아오곤 했다.

그것도 자폐증을 치료하는 데 도움이 될 거라는 생각 때문이었다.

하지만 요즘에 나아지는 속도를 보니, 굳이 그렇게까지 할 필요는 없을 듯했다.

게다가 오늘은 중요한 약속이 있었다.

"미안하다, 설우야. 나 만나기로 한 사람이 있어서."

"아, 그래요? 그럼 어쩔 수 없죠, 뭐. 조심히 들어가세요, 형."

"그래. 섀도우 워커."

난 설우가 보는 앞에서 섀도우 워커의 능력을 사용했다.

내 몸이 바닥의 그림자 속으로 스며들어 갔다.

설우는 이미 여러 번 이런 광경을 봐왔던지라 별로 놀라지도 않았다.

무사히 저택을 빠져나와 정원에 깔린 그림자를 따라 움직였다.

정원의 담벼락 한켠엔 큰 나무 그림자가 드리워져 있었다.

그 그림자를 따라 담벼락을 넘어섰다.

그리고 계속해서 이어진 그림자 속을 헤엄치듯 움직였다.

내가 그림자 밖으로 나온 건, 저택에서 한참 떨어지고 난 뒤였다.

"휴, 그럼 카시아스를 만나러 가볼까."

Chapter 6
카시아스의 초대

집으로 돌아오는 길.

어디로 가면 카시아스를 만날 수 있을지 걱정할 필요는 없었다.

그녀는 어제처럼 알아서 날 찾아왔다.

카시아스와 내가 만난 건 집 근처 버스 정류장이었다.

[왔구나.]

지금 버스 정류장 근처에는 아무도 없다.

카시아스와 나 단둘뿐이다.

그런데도 카시아스는 내게 텔레파시를 보내고 있었다.

왜?

입에 소시지를 물고 있어서 말을 할 수 없었기 때문이다.
카시아스가 내게 다가와 어깨에 폴짝 뛰어올랐다.
그러더니 소시지를 우물거리며 씹어 먹었다.
"너 그거 누가 줬냐?"
[편의점 알바생이 귀엽다고 주더군.]
"편의점 알바생? 내가 알바 하던 거기?"
[그래.]
"근데… 이 시간에는 점장님이 계실 텐데?"
[일주일 전부터 수, 목요일엔 낮 시간에도 알바생을 쓴다.]
"그렇구나. 전혀 몰랐네. 근데 알바생이 되게 착한가 봐. 너처럼 못생긴 고양이한테 소시지를 다 주고."
[고양이 이빨이 꽤나 날카롭다는 건 알고 있나?]
"알지."
[물리기 싫으면 닥쳐.]
"참나. 내 몸에 네 이빨이 박히기나 하겠냐? 이 몸은 강철이라고 강철."
[…깜빡했다.]
그러고서 카시아스는 다시 소시지를 먹는 데 열중했다.
근데 지금 아주 중요한 사실 하나를 잊어버린 것 같은데.
"집이 어딘지 알려줘야 할 거 아냐."
[너희 집에서 가까워. 죽 가다가 오른쪽.]
시키는 대로 도로변 보도블록을 밟아 죽 걷다가 오른쪽으

로 꺾었다.

[또 직진.]

우리 집으로 가려면 여기서 횡단보도까지 걸어간 뒤, 길을 건너야 한다.

그리고 좁은 골목으로 들어서면 된다.

카시아스는 횡단보도를 건너지 말고 계속 걸어가라 했다.

한 5분 정도 걸었을까.

[스톱.]

눈앞에 큰 교차로가 나왔다.

[다시 오른쪽.]

이번에도 오른쪽으로 꺾어서 걸었다.

조금 걷다 보니 소시지를 다 먹고서 손을 핥던 카시아스가 어깨에서 폴짝 뛰어내렸다.

[지금부터는 따라와.]

난 카시아스의 뒤를 쫄래쫄래 따라갔다.

그녀는 대로변을 걷다가 횡단보도에서 길을 건넜다.

그리고 보도블록 좌측으로 난 좁은 길로 들어섰다.

온통 낡은 건물을 둘러싼 담벼락으로 만들어진 좁은 골목길은 우리 집 주변의 환경과 엇비슷했다.

"근데 여기… 사람이 사는 동네이긴 한 거야?"

그나마 우리 동네 건물들은 좀 낙후되긴 했어도 사람이 살았다.

하지만 이 동네 건물은 하나같이 철거하기 직전의 모습이었다.

"한두 가구 정도 사는 것 같아. 나머지는 다 빈집이야."

보는 사람이 없는 골목에 들어서니 카시아스는 육성으로 말을 했다.

"곧 철거당하겠네."

"그렇겠지."

"너도 이런 후진 집에 살고 있는 거야?"

"아니."

"그럼 어디에 살고 있는 거야? 더 들어가야 돼?"

"다 왔어."

카시아스가 멈춰 서서 오른쪽을 바라봤다.

놀랍게도 거기엔 지금까지 봐왔던 것과 동떨어진 저택이 떡하니 버티고 서 있었다.

"얼레?"

그것은 신축한 지 얼마 되지 않은 듯 보이는 2층 저택이었다.

넓은 정원도 깔끔하게 관리되어 있었다.

그러고 보니 담벼락도 이 집을 둘러싸고 있는 것만 새것처럼 튼튼하고 깔끔했다.

"여기야?"

저택에 두었던 시선을 카시아스에게 돌리며 물었다.

그런데 조금 전까지 바닥에 붙어 있던 고양이는 사라지고 육감적인 몸매를 가진 여인이 서 있었다.

나보다 머리 하나가 작은 키.

허리까지 내려오는 긴 생머리.

그리고 흰 탱크톱과 청 핫팬츠, 허벅지까지 오는 검은 스타킹을 착용한 그녀는 카시아스였다.

지금 이것이 바로 카시아스 본신의 모습이었다.

"예고도 없이 변신하지 마."

"변신한 게 아니라 변신을 푼 거야."

"아, 그렇지."

카시아스가 대문을 열어 정원으로 들어섰다.

"들어와."

"응."

그녀의 뒤를 따라 가자니 자꾸만 시선이 엉덩이에 닿는다.

'나도 20살 청춘이라는 건가, 역시.'

아니, 단순히 청춘의 홍역을 겪어야 할 시기이기에 이러는 건 아니다.

여태껏 영혼의 퀘스트를 하며 거친 사내들의 인격을 많이 묻혀왔다.

그러다 보니 내 성정도 변해 전보다 거침없이 여인의 몸을 훑어보게 되는 것 같았다.

바로 지금처럼.

"엉덩이 그만 봐."

카시아스가 못 참겠는지 말했다.

하지만 난 평소라면 생각도 못했을 방식으로 대처했다.

"보이는데 어떻게 안 봐."

"뭐?"

카시아스가 멈춰 서서 날 돌아봤다.

그러자 내 시선은 위로 슬쩍 올라가더니 그녀의 가슴께에 멈췄다.

카시아스는 어이가 없다는 듯 팔짱을 꼈다.

"너 지금 뭐하냐?"

"가슴 봤는데."

"그게 상식적으로 할 말이냐?"

"레이브란데를 탓하고, 나한테 레이브란데의 인과율을 시전한 널 탓해. 영혼의 퀘스트를 하는 바람에 이 지경이 된 거니까."

"그거 몇 번 했다고 순진하던 애가 마초로 변했군."

"마초라고 할 것까지야. 그냥… 조금 더 본능에 솔직해졌다고 할까?"

내가 겪었던 세상에서 남자들은 여인들의 몸을 아무렇지 않게 훑곤 했다. 여자들 역시 그런 남자들의 시선을 크게 신경 쓰지 않았다.

아니, 오히려 즐기는 여자들이 과반수였다.

그렇다 보니 그 세계를 살아가는 사내들의 인식 자체가 여인의 몸을 훑는 건 당연하다는 식이었다.

게다가 하나같이 좀 마초였는가?

전부 어마어마한 마초들이었다.

그런 인격을 몇 번이나 거친 데다, 그중 두 번은 여자가 되는 경험도 했다.

솔직히 지금 카시아스의 가슴이나 엉덩이를 빤히 바라보는 건 남성의 성적 궁금증 때문만은 아니다.

내 안에 남아 있는 여인의 인격은 그 예쁜 엉덩이와 가슴을 보며 진심으로 감탄하고 있었다.

그것은 흥분과는 다른 감정이었다.

아무튼 지금 내 상태를 한마디로 정의하기엔 복잡하기 그지없다.

정상이 아니라는 얘기다.

난 카시아스가 내 대꾸에 뭐라고 더 쏘아붙일 줄 알았다.

하지만 그녀는 어쩔 수 없다는 듯 고개를 젓고서 저택의 현관문을 열었다.

그녀를 따라 저택 안으로 들어섰다.

저택 내부 역시 외관 못지않았다.

그다지 길지도 않은 복도 벽을 나 같은 예술 문외한은 전혀 알 수 없는 기괴한 그림들이 액자에 담겨 빼곡히 채우고 있었다.

난해하고 기이하고 제멋대로인 도형들의 집합체 같은 그런 그림을 왜 구입해서 걸어놓는 건지 나는 모르겠다.

예술가들에겐 일반인이 이해할 수 없는 그들만의 영역이라도 있는 모양이다.

하긴 예전의 어떤 미술가는 아무것도 그려지지 않은 하얀 캔버스를 '무상화'란 제목으로 전시했는데, 어마어마한 가격에 팔렸다지?

아무튼 카시아스는 그런 예술적 안목이 있는 모양이다.

복도가 끝나는 곳에서 마주한 거실 내부는 화려하기 그지없었다.

냉장고, 텔레비전, 에어컨, 전자레인지, 가스레인지 등등 모든 가전제품이 최신식이었다.

하나같이 지금 텔레비전에서 광고를 때리고 있는 물건들이다.

그뿐인가?

가죽 소파는 딱 봐도 어마어마한 가격을 자랑할 것 같았다.

장롱도, 협탁도, 테이블과 의자도 고풍스러움을 한껏 뽐내는 것들만 배치해 놓았다.

심지어 테이블 밑에는 양탄자도 깔려 있다.

"편한 곳에 아무 데나 앉아."

이거 부담스러워서 편하게 있을 수 있겠어?

하지만 주인이 허락했으니 최대한 편하게 있어야겠지.

난 소파에 몸을 묻었다.

"역시 비싸니까 다르네."

비싸면 그 값을 한다더니 소파는 내 엉덩이와 허리를 편안하게 감싸주었다.

"너 정말 잘해놓고 사는구나."

카시아스는 그녀답지 않게 내게 주스 한 잔을 내오는 성의를 보였다.

"먹어. 비싼 사과 주스야."

"사과 주스가 비싸봤자지."

난 주스를 한 모금 마셨다.

꿀꺽.

"어?"

이거 엄청 맛있다.

"완전 맛있는데?"

"그렇겠지. 한 병에 만이천 원짜리니."

"뭐, 뭐라고? 무슨 사과 주스가 한 병에 만이천 원이나 해?"

"말했잖아, 비싼 거라고."

"아무리 그래도 정도가 있지."

"부자들은 다 그렇게 먹어."

"갑자기 지독한 괴리감이 밀려온다."

카시아스가 내 옆에 풀썩 앉았다.

"초대했으니까 됐지?"

"응, 뭐……."

"그럼 이제 알아서 놀다 가."

이건 또 무슨 소리야.

말이야, 방귀야?

사람 초대해 놓고 알아서 놀다 가라니?

"손님이 찾아오면 집주인이 같이 놀아줘야지. 알아서 놀다 가라는 게 말이 돼?"

"…몰라."

"몰라? 뭘 몰라?"

"손님을 어떻게 대해야 하는지 모른다고."

카시아스는 말을 하며 뺨을 긁적였다.

내가 지금껏 보아왔던 그녀의 모습 중, 가장 어색해하는 모습이었다. 아니, 어색해하는 것 자체가 처음이다. 난 카시아스의 이런 모습 처음 본다.

그건 그렇고 손님을 어떻게 대해야 하는지 모른다는 건 또 무슨 얘기냐고!

"난 네 말이 도통 이해가 안 간다."

"그러니까. 난 내 집에 누군가를 들여본 게 처음이란 말이다."

"당연히 그렇겠지. 네가 지구에 와서 친구를 사귀었냐, 애인을 만들었냐. 그저 내 꽁무니만 졸졸 따라다니면서 괴롭혔잖아."

"아니. 내가 살던 세상에서도 손님을 집에 들인 적 없어."

"…너 왕따였냐?"

"……."

카시아스는 말없이 고개를 저었다.

그러다 가만 생각하더니 이번엔 고개를 끄덕였다.

"맞다고?"

"이쪽 세상의 표현을 빌리자면 그게 맞겠지. 누구와도 친해지지 못했으니까."

"하긴 이해가 바로 되긴 해. 네 성격 누가 받아주겠냐. 몇 마디만 주고받아도 분통 터지게 만드는 신묘한 재능을 가진 사람이 넌데."

"…그래. 내가 생각해도 나 같은 사람… 받아주기 힘들 것 같아."

…난 농담으로 한 얘긴데, 갑자기 왜 진지하게 받는 거야?

개그를 치면 애드립으로 받아쳐야지 그걸 다큐로 끌고 가면 안 되는 건데.

이러면 상황이 이상해지고, 나만 나쁜 사람 되잖아.

"카시아스. 내 말은……."

"지웅아."

"…어?"

"넌… 나를 믿어?"

갑자기 그런 걸 물어보면 뭐라고 대답해야 할지 난감해진다.

믿는다?

사람이 사람을 믿는다?

그건 쉬운 문제가 아니다.

누군가는 타인을 믿는다고 입버릇처럼 말하고 다니기도 할 것이다.

하지만 믿는다는 건… 그러니까 내 입장에서 믿는다고 말하는 것의 정의는 그 사람에게 내 목숨조차도 맡길 수 있어야 한다는 거다.

그런 의미에서 난 우리 가족을 믿는다.

가족을 위해서 내 목숨을 던질 수 있고, 가족도 내게 그리 해 줄 것이라 생각한다.

같은 기준으로 두고 봤을 때 카시아스는?

…이 얄미운 여자한테 이런 감정이 드는 걸 별로 인정하기는 싫지만.

"믿어."

"…믿는다고?"

"그래, 믿어. 누군가를 믿는다는 건 어려운 일이야. 그래서 진지하게 생각해 봤는데, 나는 너를 믿어. 그게 확실해."

"어떻게 단정 짓지?"

"나한테 무슨 일이 있을 때 넌 네 목숨을 걸고 지켜줄 것 같거든."

"……."

그 말을 들은 카시아스의 눈빛에 옅은 슬픔이 맺혔다.

"왜 그래?"

카시아스는 내게서 고개를 돌려 시선을 피했다.

"아무것도 아니야."

"뭐야, 자꾸 분위기만 이상하게 만들고. 집에 게임기 없어? 가구들은 하나같이 삐까뻔쩍하구만. 아, 게임기는 없어도 컴퓨터는 있지? 그럼 온라인 게임이라도 해야겠다. 혼자 노는 데는 그것만 한 게 없지."

"유지웅."

"자꾸 왜 불러. 정들려고 그러네."

"정들지 마."

"뭐?"

"그리고 날 믿지도 마."

"그건 네가 강요할 문제가 아닌 것 같은데. 믿고 말고는 내 문제야. 난 너라는 사람이 지금껏 내게 해온 행동들을 기반으로 판단한 거야. 널 믿을 수 있다고. 한번 믿었으면 그것으로 끝이야. 설사 널 믿었는데, 네가 날 사지로 끌고 간다 해도 후회 안 해. 어쨌든 널 믿은 내 잘못인 거니까."

"나 같은 걸 믿었다간 분명히 후회할 거야."

"그건 그때 가서 얘기하자. 아무튼 컴퓨터나 좀 보여줘."

난 소파에서 일어나 컴퓨터가 있는 방을 수색하려 했다.

그런데.

덥석.

"……?"

뒤따라 일어선 카시아스가 뒤에서 날 와락 껴안았다.

말로만 듣던 백허그를 절대 그럴 일이 없을 거라 생각했던 카시아스에게서 받게 되었다.

한데… 기분이 묘했다.

뭐지? 이 익숙한 듯한… 느낌은.

"유지웅."

"…너 어디 아프냐."

"대답해. 유지웅."

"응."

"고마워."

"나도 고마워. 늘 고마워하고 있어. 내게 이런 힘을 준 네게."

"그리고 미안… 해."

"갑자기 왜 이렇게 감성 터지는 건데?"

"마지막으로… 다시는 내 앞에서 등 보이지 마."

마지막 얘기는 조금 섬뜩하게 들릴 수도 있을 것 같은 대사다.

하지만 카시아스는 그런 나쁜 뜻으로 얘기한 게 아니었다.

"떠나가는 사람의 등을 많이 봤구나……."

그것은 순전히 내 짐작이었다.

하지만.

"…응."

카시아스는 정곡을 찔린 모양이었다.

난 날 붙잡고 있던 그녀의 팔을 풀고 돌아섰다.

그리고 두 손으로 그녀의 뺨을 잡아 고개를 들어 올리게 했다.

우리 두 사람의 시선이 마주쳤다.

"카시아스. 난 네 곁에서 떠날 일 없으니까 그런 바보 같은 소리는 하지 마."

"지웅아……."

난 카시아스에게 포근한 미소를 지어 보이며 말을 이었다.

"그러니까 빨리 컴퓨터 어디 있는지나 말해줘."

"……."

퍽!

"컥!"

카시아스의 무릎이 내 다리 사이를 걷어찼다.

내 피부는 강철이지만 그 속은 강철이 아니다.

충격이 다리 사이의 중요한 부분에 마구 전해지며 숨이 턱턱 막혔다.

카시아스는 고통에 겨워하는 날 내버려 두고 소파에 다시 앉아 텔레비전을 켰다.

마침 텔레비전에서는 일일 드라마 재방송이 하는 중이었는데 거기서 나오는 여자의 대사가 오묘했다.

—어머, 어떡해! 알이 깨졌어!

…아니야!

내 알은 깨지지 않았어!

내 알은 건재해!

* * *

"……."

"……."

카시아스와 난 아무 말 없이 소파에 앉아 텔레비전만 시청했다.

그러다 내가 사과 주스를 다 마시면 카시아스는 빈 잔을 가져가서 다시 사과 주스를 채워왔다.

그렇게 벌써 일곱 잔을 마셨더니 속이 울렁거린다.

—정말이야? 정말 안 깨졌어? 괜찮은 거야?

텔레비전에서는 달걀을 부화시키려는 소녀가 알이 깨졌는지 안 깨졌는지 소년에게 묻고 있었다.

근데 어째 저 말… 나한테 하는 것 같냐.

—괜찮아, 안 깨졌어.

그럼 안 깨졌지.

—어? 아닌데? 여기 깨져서 줄줄 새잖아!

—아, 정말!

…그런 불안한 대사 치지 마.

아무튼 정말 할 게 더럽게 없다.

괜히 초대해 달라고 한 건가 싶은 후회까지 밀려온다.

카시아스의 눈치를 살피니 그녀도 딱히 텔레비전에서 방영 중인 드라마가 재미있어서 보는 것 같진 않았다.

나랑 똑같이 뭘 어떻게 해야 할지 모를 뿐이다.

그렇다고 하루 종일 이렇게 가만히만 있을 수는 없는 일.

난 일어나서 주방 쪽으로 향했다.

그러자 텔레비전을 보다 망부석이 된 거 아닌가 싶을 정도로 꿈쩍도 않던 카시아스가 고개를 돌려 날 바라봤다.

이윽고 그녀는 엉덩이를 떼더니 내 뒤를 따라왔다.

"뭐하려고?"

카시아스가 물었다.

"나 오늘 점심도 못 먹었어. 출출해 죽겠는데 물배만 잔뜩 차서 쓰겠냐고. 뭐라도 만들어 먹어야지."

"요리 잘해?"

이 여자가 왜 이래?

"나 리조네랑 마르펭의 능력 가지고 있는 남자야."

리조네의 능력은 절대미각, 마르펭의 능력은 요리 실력이다.

"아, 그랬지."

두 영혼의 도움으로 지금 춘천 전역을 휩쓸어 버린 닭발 엽차기의 히트 메뉴! 오일 닭발을 개발한 게 나라고.

난 손을 싹싹 비비며 말했다.

"그럼 냉장고에 뭐가 있는지 볼까?"

냉장고를 천천히 개봉했다.

그런데 그 안에는…….

"뭐야 이게."

아무것도 없었다.

오로지 사과 주스만 한 열 병 정도가 담겨 있을 뿐이다.

이건 너무하다 싶을 정도로 텅텅 비어버렸다.

"이럴 거면 대체 냉장고는 왜 산 거야?"

"구색이지."

"참 쉽게 얘기한다. 전기세 아까워."

"아깝지 않을 만큼 돈은 넉넉히 있으니 걱정 말아."

"그런 얘기가 아니잖아. 우리나라 전기 그 자체가 아깝다고."

"니네 나라지, 우리나라는 아니다."

"……."

그냥 한 대 때릴까?

무슨 초딩을 상대하는 기분이다.

"후, 안 되겠다. 같이 나가자."

"어디를?"

"어디긴 어디야. 마트지."

"정 배고프면 그냥 뭘 배달시켜 먹어도 돼. 아니면 식당에서 사 먹든가."

"집들이 선물이라 생각하고 그냥 먹어. 맛있게 만들어줄 테니까."

Chapter 7
원치 않은 동행

카시아스와 집을 나섰다.

이 근방에는 마트가 없었다.

가장 가까운 마트가 차로 10분 정도 걸린다.

우리는 택시를 잡기 위해 도로변에서 기다렸다.

“왜 굳이 요리를 해주겠다는 거야?”

“그런 게 사람 사는 정이라는 거야.”

“정… 이라. 유독 한국에 사는 사람들이 그런 걸 많이 따지는 것 같더군.”

“정이 없으면 사람 사는 세상이냐, 그게.”

“난 잘 모르고 자라서.”

"대체 어떤 삶을 산 거냐, 너는."

"그냥 혼자서 언제나 늘, 항상, 누가 뭐라고 하든 나의 길을 걸었지."

"듣기만 해도 주변 사람들이 다 혀를 내두르며 도망갔을 것 같다."

"하여튼 난 허례허식 같은 거 귀찮다."

"요리 한번 해주겠다는데 그게 무슨 허례허식까지 운운할 일이라고."

나는 카시아스와 평소처럼 투닥거렸다.

그리고 그런 우리 두 사람 곁을 지나가는 남정네들은 하나같이 카시아스에게서 눈을 떼지 못했다.

다들 카시아스를 한 번 보고, 날 한 번 보고, 다시 카시아스를 보며 고개를 갸웃거렸다.

어떻게 저런 미인과 대화를 나눌 수 있는 건지 그 방법 좀 알고 싶다는 제스처였다.

사실 미모만 놓고 보자면 카시아스는 내 주변 여인들 중 톱이다.

박인비나 유주 누나는 물론이고… 미안한 얘기지만 아랑이보다도 예쁘다.

객관적으로 봤을 때 확실히 그렇다.

하지만 문제는 저놈의 성격이다.

저런 성격으로는 아무리 겉모습이 예뻐봐야 평생 남자 친구 같은 거 생기지 않는다.

애교도 없고, 무뚝뚝하고, 제멋대로 말하고, 행동하고.

그런 애인을 곁에 두고 오래도록 사랑할 수 있는 남자는 단언컨대 없다.

"카시아스. 데브게니안에서 연애해 본 적 있어?"

"아니."

거봐라.

내 말이 틀림없지.

"그런 건 없지만… 서로 좋아하는 게 아닐까… 라고 생각했었던 사람은 한 명 있었어."

"…뭐? 그런 사람이 있었다고?"

"그래."

"아니, 동물이라든가 그런 거 말고. 사람 말이야, 사람."

카시아스가 매서운 눈초리로 날 노려봤다.

"알았어, 농담 안 할게. 근데 정말 그런 사람이 있었던 말야?"

"있었어. 한 명."

"누군데?"

"말할 수 없다."

"뭐? 왜?"

"그런 걸 말해서 뭐해. 말해봤자 넌 몰라."

"어차피 모르면 말해줘도 되는 거 아니야?"

"말하기 싫다. 됐어?"

뭐야.

왜 저렇게 자기 얘기 하는 걸 꺼리는 거야.

나에 대한 건 속속들이 알고 있으면서 혼자서만 비밀투성이다.

생각해 보니 내가 카시아스에 대해 아는 건 극히 일부분의 정보뿐이었다.

평소엔 검은 고양이라는 거.

여자라는 거.

데브게니안 대륙에서 온 대단한 마법사라는 거.

어떠한 목적이 있어서 내게 레이브란데의 인과율을 시전했다는 거.

…그게 전부다.

아, 오늘 알게 된 사실 세 가지.

돈이 엄청 많고 집도 좋다는 것.

친구가 없다는 것.

서로 좋아했을 거라 짐작되는 사람이 있다는 것.

그것들 말고 더 이상은 아는 게 없다.

뭔가 따지고 보니 엄청 손해 보는 기분이다.

"근데 카시아스."

"말해."

"내가 쉰 개의 영혼을 다 모으게 되면 그때는 말해줄 거야?

네 목적."

"그때는… 내가 말 안 해도 절로 알게 될 거다."

"제발 그랬으면 좋겠다."

그나저나 택시는 왜 이렇게 안 와?

장소를 옮길까? 하고 생각하던 그때였다.

택시 말고 다른 것이 다가왔다.

"그만 좀 쫓아오라고!"

저 멀리서 금발 머리 여인이 앙칼진 음성으로 소리치며 우리 쪽을 향해 달려오고 있었다.

그리고 여인의 뒤를 어떤 남자가 쫓는 중이었다.

"쫓아오지 말라니까!"

뒤돌아 소리치던 여인이 고개를 정면으로 두었다. 그리고 나와 시선이 마주쳤다.

순간 우리 둘 다 눈을 휘둥그레 떴다.

그녀는 금은방집 사장님 딸 박인비였다.

인비가 외간 남자에게 쫓기는 와중에도 날 알아보고 반갑게 손을 흔들었다.

"꺅~! 지웅아~!"

"……."

이거 인사를 받아줘야 돼, 말아야 돼?

인비는 그런 내 고민 따위 싸그리 무시한 채 후다닥 코앞까지 다가와 대뜸 내게 팔짱을 꼈다.

그러자 남자는 인비와 내 앞에 서서 헐떡대며 물었다.

"헉! 헉! 뭐야? 갑자기 이게 뭐하는 거야? 당신 누구야?"

대략 20대 중후반 정도 되어 보이는 남자가 내게 반말로 물었다.

아무리 내 나이가 어리다고 해도 초면에 지켜야 하는 예의라는 게 있는 법이다.

한데 반만을 지껄이니 기분이 별로였다.

게다가 다분히 시비조였다.

인비는 내 팔을 자기 가슴에 더 꽉 끌어당기며 말했다.

"내 남친이야."

"뭐? 네가 남친이 어디 있어? 조금 전까지 내가 남친이었잖아!"

"넌 싫증났어. 그래서 끝내자고 한 거고."

남자가 내게 삿대질을 하며 소리쳤다.

"그럼 저 새끼는 뭔데! 오늘부터 사귀기로 한 거냐!"

"아니. 지웅이는 전부터 알던 사이인데? 내가 가장 많이 호감을 가졌던 남자이기도 하고. 그런데 이게 웬일이야? 너한테 이별 통보 하고 나서 네가 헐크로 변하는 바람에 쫓기는 중에 정의의 히어로처럼 여기서 딱 만났지 뭐야? 그래서 난 지웅이랑 사귈 거야. 너 같은 다혈질은 딱! 싫어."

"너 말 다 했어?!"

"그래, 다 했다! 왜!"

이거 참 난감하네.

처음엔 남자의 안하무인격 행동에 화가 났지만, 둘이서 사랑싸움을 시작해 버리니 어떻게 해야 할지 모르겠다.

"인비야. 어지간하면 둘이서 잘 해결을……."

난 그냥 둘 사이에서 빠지려고 했다.

그런데 내 팔을 잡고 있는 인비의 몸이 바들바들 떨리고 있었다.

왜 이렇게 떠는 거지?

하는 행동은 거칠기 짝이 없는데 벌벌 떠는 이유를 모르겠다.

"너……."

인비의 얼굴을 가만히 바라보니 여기저기 잔 상흔이 눈에 띄었다.

그리고 남자를 바라보는 그녀의 눈동자가 사정없이 떨리고 있었다.

"야, 좋은 말 할 때 일루 와라."

남자가 협박했다.

"싫은데? 나 너랑 방금 끝냈잖아. 그런데 왜 네 말대로 해야 돼? 베에~!"

"이 썅년이 진짜!"

남자가 오른손을 확 들어 올렸다.

얼굴의 상흔, 사정없이 떨리는 몸과 눈동자.

'그랬군. 이 새끼… 개새끼네.'

남자가 손을 휘두르는 순간, 인비를 뒤로 밀어내고 내가 앞으로 나섰다.

짝!

남자의 손은 인비 대신 내 뺨을 후려쳤다.

"으악! 뭐, 뭐야!"

내 뺨을 때린 남자는 손을 잡고 펄쩍 뛰었다.

오히려 맞은 당사자인 난 아무렇지도 않았다.

내 피부는 아이언 스킨으로 인해 강철처럼 단단하기 때문이다.

남자가 오른손을 흔들며 날 노려봤다.

"너 뭐야, 이 새끼야!"

"방금 못 들었어? 인비 새 남자 친구다."

"하, 이 썅년놈들이 단체로 돌았나!"

녀석이 욕을 하며 바닥에다 침을 탁 뱉었다.

인비가 내 팔을 끌어당겼다.

"지웅아, 괜찮아?"

"응, 괜찮아."

"나 대신 맞았잖아!"

"괜찮다니까. 알잖아, 나."

인비는 오들오들 떨면서도 남자를 향해 소리쳤다.

"성대웅! 이제 그만하고 가! 안 그러면 진짜 큰일 날지도 몰라. 지웅이 화나면 무섭거든?"

녀석의 이름이 성대웅인 모양이다.

성대웅은 피식 웃으며 말했다.

"아~ 그래? 화가 나셨어? 근데 너도 나 알잖아, 인비야. 나눈 돌아가면 어떻게 되는지. 그렇게 처맞고도 감 못 잡았어?"

그러더니 주변을 휘휘 둘러보다가 주먹만 한 돌덩이를 주워 들었다.

"죽어봐라, 개새끼야."

성대웅은 일말의 망설임도 없이 돌멩이를 내 얼굴에 찍으려 했다.

"꺄악!"

박인비가 고함을 질렀다.

내 얼굴이 돌멩이에 맞아 아작 날 줄 안 모양이다.

하지만 그런 일은 벌어지지 않았다.

콱!

난 한 손으로 성대웅의 팔목을 잡아챘다.

그리고 다른 손으로 들고 있던 돌멩이를 빼앗았다.

"이 개새끼, 무슨 힘이 이렇게 세!"

"고작 이 정도 가지고 세다고 하면 서운하지."

난 돌멩이를 쥔 아귀에 힘을 주었다.

그러자.

콰드득!

돌멩이가 산산조각 나 바닥에 떨어졌다.
그걸 본 성대웅의 눈이 휘둥그레졌다.
"지, 지금 손으로 돌멩이를……."
"돌멩이 말고 네 팔모가지부터 걱정해, 미친 새끼야."
콰득!
"크악!"
성대웅이 내게 잡힌 팔목을 탁탁 때리며 비명을 질렀다.
"그, 그만! 그만!"
"내가 여자한테 손찌검하는 새끼를 정말 싫어하거든."
"이것 놔!"
"너는 인비가 그만 때리라고 했을 때 그렇게 했냐? 내가 볼 땐 전혀 아닌 것 같은데."
"놓으라고 씨발!"
"어디서 입을 좆같이 놀려!"
짝!
성대웅의 뺨을 그대로 후려쳤다.
"크억!"
놈의 고개가 옆으로 홱 돌아갔다.
고개를 따라 몸이 뒤틀렸다.
하지만 내게 팔목이 잡혀 있어서 넘어지지는 않았다.
벌써부터 넘어지면 섭섭하지.
"잘 들어. 지금부터 난 널 반 죽여놓을 거야. 신고해도 괜잖아. 합의금? 달라는 대로 줄게. 그러니까 일단 맞자."

"자, 잠깐만요… 잠깐……."

한 대 맞으니까 존댓말이 절로 나오는구나.

한데 너무 늦었다.

이미 난 널 잔뜩 두들기기로 마음먹었거든.

퍽!

"컥!"

이번엔 옆구리를 걷어찼다.

성대웅의 다리에 힘이 풀렸다.

털썩.

내가 팔목을 놓자 놈이 옆구리를 움켜쥐고 주저앉았다.

"크허… 컥!"

난 성대웅의 턱을 올려 찼다.

퍽!

"끄허어……."

놈이 대자로 뻗었다.

그 상태로 사지를 파르르 떨더니 이내 기절해 버렸다.

뭐야? 맷집도 더럽게 없는 새끼가 그 패악질을 부렸던 거야?

"쓰레기 같은 놈."

카악 퉤!

기절한 놈의 몸에다 침을 뱉었다.

상황이 정리되고 뒤를 돌아보았다.

인비가 눈을 꿈뻑거리며 나와 기절한 성대웅을 번갈아 봤다.

"인비야."

"어, 응?"

"저 새끼 한 번 더 나타나서 지랄하면 바로 나한테 연락해."

"응… 그, 그럴게."

"왜 그렇게 놀라 있어?"

"어? 아니 그게… 지웅이 너 많이 변한 것 같아서."

"내가?"

"응. 예전에는 그런 식으로 말하지 않았잖아?"

그렇지.

불의를 참지 못해 못된 놈들을 때리긴 했지만 이렇게 거친 말투를 구사하진 않았었지.

"그냥. 하도 더러운 꼴을 많이 보다 보니까 나도 변하더라."

"그랬구나. 처음으로 네가 조금 무섭다고 생각했어."

"뭐 그건 네 판단이니까 내가 뭐라고 할 수 있는 건 아니지. 아무튼 그동안 저놈한테 제법 손찌검 당한 것 같던데, 신고하지 그랬어."

"뭐하러 신고까지 해, 쪽팔리게."

"그게 뭐가 쪽팔려. 어디 가서 말 못하게 계속 맞고 사는 게 더 쪽팔린 거지."

"그런가?"

"그래."

인비가 에헷~ 하고 웃더니 내게 와락 안겨들었다.

"아무튼 도와줘서 고마워. 역시 지웅이 넌 내 정의의 사도야."

그때 잠자코 있던 카시아스가 내 곁으로 다가와 입을 열었다.

"갈 길이 바쁘니 그만 떨어져 줬음 좋겠는데."

서늘한 카시아스의 음성에 인비의 시선이 절로 돌아갔다.

"어? 지웅아. 이 언니 누구야? 되게 예쁘다."

"그냥 아는 사람."

"아는 사람? 사귀는 사이 아니고?"

"그런 거 아니야."

"그래? 근데 둘이 왜 만났어? 어디 가려고 했던 거야?"

"마트."

"마트엔 왜?"

얘는 왜 이렇게 궁금한 게 많아?

"장 좀 봐 오려고."

"장을 왜 봐?"

"내 옆에 있는 예쁜 언니네 집 냉장고에 먹을 게 하나도 없어서 뭣 좀 사다가 요리나 만들어주려고."

"뭐? 이 언니네 집에도 들락거리는 사이야? 이 언니, 가족들이랑 같이 살아?"

"혼자 산다."

이번엔 카시아스가 대답했다.

"어머나. 여자 혼자 사는 집에 남자 함부로 들이고 그러는 거 아니에요, 언니. 지웅이가 그런 쪽으로는 순진하다지만, 언제 늑대로 돌변할지 모르는 거라구요. 그러다 언니 몸이라도 노리면 어쩌려고 그래요?"

"노리면 노리라지. 그게 왜? 닳는 것도 아니고."

커헉!

카시아스 저게 무슨 정신 나간 소리를 하는 거야?

인비는 나만큼 놀라서 입을 쩍 벌렸다.

"어머나… 이 언니……."

과연 무슨 소리를 하려나.

인비도 성격이 상당히 쿨하고 터프한 데다 제멋대로라서 할 말 안 할 말을 가리지 못하고 막 내뱉는다.

난 순간적으로 그녀의 입을 막을까 고민했다.

괜한 말로 카시아스의 심기를 건드렸다가 무슨 사단이 벌어질지 모르기 때문이다.

하지만 내가 한발 늦었다.

"엄청 멋지다!"

잉?

인비의 입에서는 내 예상과 전혀 다른 말이 튀어나왔다.

지금 카시아스에게 멋지다고 한 거야?

"나 이렇게 쿨한 언니 처음 봐. 언니, 이름이 뭐예요?"

"카시아스."

"네? 카… 뭐라구요?"

"카시아스."

"카시아스? 이름이 네 글자네요? 우리나라에 카씨도 있었나?"

…딱 들어도 다른 나라 이름이잖니, 인비야.

"카시아스. 이름 너무 길다. 전 그냥 가운데 이름만 따서 시아 언니라고 부를게요. 괜찮죠?"

"맘대로 해."

"꺄아~! 언니 열라 쿨해! 존멋!"

인비의 말에 카시아스가 고개를 갸웃했다.

"존멋? 그게 뭐냐."

"존나 멋있다구요! 줄임말이에요~ 유행에는 좀 떨어지네요, 언니? 아, 근데 언니 맞죠? 얼굴만 봐서는 스무 살 초반 정도 되는 것 같은데. 몇 살이에요?"

"몰라도 돼."

"꺄아~! 진짜 쿨해! 언니, 앞으로 우리 친하게 지내요! 저는 박인비라고 해요."

카시아스는 더 이상 못 들어주겠는지 인비를 노려봤다.

하지만 인비는 카시아스의 심기가 어떤지 눈치 못 채고 계속 주절주절 떠들어댔다.

카시아스가 주먹을 쥐었다 폈다 하는 게 불길했다.

상황이 점점 더 악화되어 가다가 터지기 일보 직전인 그때.

"으음……."

성대웅이 정신을 차렸다.

녀석은 턱을 어루만지며 비틀비틀 일어섰다.

그러더니 날 보고서 화들짝 놀라 고함을 질러댔다.

"끄아아아악!"

"시끄러우니까 입 닫아. 처맞기 싫으면."

"헙!"

성대웅이 손으로 입을 탁 틀어막았다.

"어떻게, 경찰서 갈까? 합의금 달라고 하면 줄게. 그런데 명심해야 할 건 거기서 끝나지 않을 거라는 거야. 합의금 물어주고 다시 때릴 거야. 그리고 또 합의금 물어줄 거야. 물론 계속 그러다 보면 내가 옥살이를 하게 될지도 모르겠지. 그래서 마지막엔 너 어디 한 군데 불구로 만들어놓으려고. 아예 죽여 버릴 수도 있겠지만, 불구로 살아가는 게 더 고통스럽지 않겠어? 어디를 불구로 만들 거냐고? 사지를 뜯어버릴 수도 있고, 네 가운뎃다리를 뜯어버릴 수도 있겠지."

내 말을 듣는 동안 성대웅의 얼굴이 파리해져 갔다.

꿀꺽!

녀석이 마른침을 삼켰다.

"경찰서 갈래 말래."

"아, 안 가도 될 것 같은데요."

"앞으로 두 번 다시 인비 앞에 나타나지 마라. 예전에도 너처럼 인비 괴롭히다가 나한테 걸려서 뼈마디 다 부러진 놈 하나 있거든. 그 꼴 나기 싫으면 알아서 피해. 알았냐?"

"네, 네……."

"꺼져."

성대웅은 걸음아 나 살려라 하며 도망가 버렸다.

띠링!

—폭력적인 남자 친구 때문에 괴로워하던 인비를 도와주셨네요~! 역시 지웅 님은 멋진 남자예요! 선행을 쌓아 1링크가 주어집니다.

이 소리 오래간만이네.

그때 마침 택시가 다가왔다,

"택시!"

나는 그 택시를 세웠다.

"인비야. 우리 이제 가볼게. 만나서 반가웠다."

인사를 하고 난 앞좌석에 올랐다.

카시아스도 뒷좌석에 몸을 실었다.

그런데 인비가 따라서 택시에 올라탔다.

“너는 왜 타?”

“어차피 할 것도 없으니까 따라가려고. 그리고 나 혼자 있는데 대웅이 그 자식이 다시 오기라도 하면 어떡해.”

핑계가 좋다, 핑계가.

“어디로 모실까요?”

기사님이 물었다.

“혜성마트로 가주세요.”

“알겠습니다.”

결국 어쩔 수 없이 셋이 함께 마트로 향하게 되었다.

Chapter 8
가혹한 집들이

혜성마트에 도착했다.

혜성마트는 총 3층으로 되어 있었다.

식료품 코너는 1층이었다.

나는 카트를 끌고 매장을 돌며 요리에 필요한 재료들을 담았다.

인비와 카시아스는 그런 내 뒤를 그냥 따라왔다.

요리 재료에는 눈곱만큼도 관심이 없는 듯했다.

인비의 수다는 계속해서 이어졌다.

하지만 카시아스는 그녀를 철저히 무시했다.

카시아스의 반응이 영 재미없었는지 그녀는 곧 내게 다가와 팔짱을 끼고 이런저런 얘기를 조잘대기 시작했다.

"그래서 내가 '우리 사이 오늘로 끝내는 거야!' 라고 했지."

인비의 얘기는 대부분 연애에 관련된 것뿐이었다.

대체 이 여자는 남자를 몇 명이나 만나고 다니는 건지 모르겠다.

지금 잠깐 동안 내가 들은 얘기 속에 등장하는 남자만도 열 명이 넘었다.

'빨리 장 보고 들어가자.'

그것만이 인비에게서 벗어나는 길이다.

카트에 요리 재료들이 제법 쌓였다.

이제 두세 가지만 더 담으면 그럴듯한 음식을 할 수 있을 듯했다.

한데 저 앞에 익숙한 뒷모습의 여인이 카트를 밀고 가는 게 보였다.

'누구지?'

잠시 고민하던 난, 그 뒷모습이 유주 누나라는 걸 알았다.

이런 데서 유주 누나를 보게 되다니!

반갑고 기쁜 마음에 옆으로 후다닥 달려갔다.

"유주 누나~!"

누나의 이름을 부르며 얼굴을 확인했다.

그런데.

"……."

"누나… 울어요?"

유주 누나는 울고 있었다.

유주 누나가 얼른 눈물을 닦고 거짓 미소를 지었다.

"아, 지, 지웅아."

"누나, 왜 울고 있어요?"

"아니야. 그냥 하품했어."

"하품한 사람이 눈물을 그렇게 주륵주륵 흘려요?"

"진짜 하품한 거라니까."

택도 없는 거짓말을 하고 있다.

다른 여자가 울었다면 모른 체하고 넘어가겠지만 유주 누나의 눈물은 그냥 넘어갈 수가 없다.

유주 누나의 집안 형편을 나는 잘 알고 있다.

유주 누나가 데일리 히어로 사이트에 올린 고민을 해결해 주다 우연찮게 알게 된 것이다.

유주 누나는 아버지랑 둘이 살고 있다.

아버지는 일용직 일을 하며 힘들게 돈을 벌어 오신다.

당시에는 사채 빚까지 있었다.

그 사채 빚은 다행히 내가 다 해결해 주었다.

사채업을 하는 녀석들을 직접 찾아가 한바탕 뒤집어놓았었다.

대부업체 우두머리인 조철희는 그 이후로 나와 악연으로 엮여서 지금은 내 쫄따구 노릇을 하고 있다.

아무튼 그때 큰 사건은 다 해결을 했다.

그래서 앞으로 누나의 아버지한테 무슨 사고만 없으면 어떻게든 살아나갈 수 있을 거라 생각했다.

물론 살아나간다는 게 앞으로 닥쳐올 인생에 어떠한 고통도 없으리란 보장은 될 수 없다는 걸 안다.

어찌 되었든 유주 누나의 환경을 속속들이 알고 있다 보니 누나가 대충 얼버무린다고 그냥 넘어갈 수가 없었다.

게다가 유주 누나는 약한 사람이 아니다.

눈물도 헤프지 않다.

그런 사람이 정신을 놓고 울었다는 건 분명 큰일이 생겼다는 것이다.

"누나. 말해봐요. 무슨 일이에요?"

"아무것도 아니야, 정말."

누나가 끝까지 대답을 회피했다.

그러자 갑자기 인비가 끼어들었다.

"우와~ 또 예쁜 언니 나타났네?"

유주 누나가 당황해서 뒤로 슬쩍 물러났다.

"누, 누구……?"

유주 누나는 그제야 내 일행들을 확인하고서 전보다 더 당황해 버렸다.

"아… 혼자 온 게 아니었구나."

"네. 어쩌다 보니……."

"안녕하세요, 한유주라고 해요."

"저는 박인비예요. 이쪽은 시아 언니구요. 그런데 지웅이랑은 어떻게 알아요?"

"지웅이랑 편의점에서 같이 알바했던 사이에요."

"아~ 그렇구나. 그런데 왜 울었어요?"

"그냥 하품해서 그런 거예요."

"에이, 아닌 것 같은데. 사실대로 얘기해 봐요. 분위기 보니까 지웅이는 유주 언니가 얘기할 때까지 물고 늘어질 것 같은데. 우리 때문에 불편한 거면 자리 비켜 드릴게요."

"아니요, 그럴 필요 없어요. 지웅아. 만나서 반가웠어. 다음에 밥이나 한 끼 먹자."

"누나 잠깐만 저 좀 봐요."

난 유주 누나의 팔을 잡고 인비와 카시아스에게서 멀리 떨어졌다.

"왜 이래, 지웅아. 네 일행분들한테 실례잖아."

"누나 부탁이니까 사실대로 얘기해 줘요. 무슨 일이에요? 제가 도울 수 있는 일이면 도울게요."

내가 집요하게 물어보니 유주 누나는 한숨을 푹 쉬며 고개를 저었다.

"네가 안다고 도울 수 있는 일이 아니야."

"집안 문제예요?"

"아니."

집안 문제가 아니라고?
그럼 무슨 문제가 있는 걸까.
유주 누나가 눈물을 흘릴 만한 일이 뭐가 있지?
…혹시.
"진호 형이랑 싸웠어요?"
유주 누나는 진호 형이랑 연애하는 사이다.
나한테 직접적으로 말한 적은 없지만, 난 그들이 그런 사이라는 걸 편의점을 지나다가 우연히 알게 되었다.
내 물음에 유주 누나의 눈동자가 흔들렸다.
"너… 그걸 어떻게……."
"알고 있었어요. 둘이 사귀는 거. 편의점 지나가다가 둘이서 보통 사이라고 하기엔 무리가 있는 스킨십을 하던 걸 봤거든요."
"그래… 그랬구나."
"진호 형이 힘들게 하는 거예요?"
"아니… 그게 아니라… 헤어졌어."
"네? 아니 사귄 지 얼마나 되었다고 헤어져요?"
"남녀 사이가 그렇더라… 그냥 어제까지만 해도 아무 문제없이 잘 지내다가 오늘은 작은 문제로 투닥거리게 되고… 그게 내일은 큰 싸움이 돼서 헤어지고… 모르겠어. 연애는 나한테 너무 어려운 것 같아."
하아, 유주 누나의 집안 문제가 해결되니 연애 문제가 속을 태우는구나.

아무래도 유주 누나를 이대로 혼자 두면 안 될 것 같았다.

"누나, 나랑 같이 가요."

"어디를?"

"저 뒤에 시아라고 인비가 소개했던 사람 보이죠?"

"응."

"지금 그분 집에 가서 뭘 좀 만들어 먹으려던 참이었어요."

"어? 그럼 가서 만들어 먹어. 내가 거길 어떻게 가니."

"그럼 혼자서 계속 울 거예요?"

"아니야, 나 이제 안 울어. 괜찮아."

"거짓말하지 마요. 그냥 오늘은 내가 하자는 대로 해요."

나는 유주 누나를 다시 카시아스와 인비가 있는 곳으로 끌고 왔다.

"카시아스. 부탁이 있는데."

"그 여자도 같이 데려가자고?"

카시아스는 이미 내가 어떤 얘기를 하려는지 다 파악을 한 이후였다.

"응. 안 될까?"

카시아스는 잠시 침묵하다가 고개를 끄덕였다.

"좋을 대로 해."

"고마워. 역시 카시아스가 짱이야. 누나, 이제 됐죠? 같이 가는 거예요."

"하지만……."

"그렇게 해요."

유주 누나가 머뭇거리다가 카시아스에게 고개를 꾸벅 숙였다.

"민폐 끼쳐서 죄송합니다."

"괜찮아. 별로 신경 안 써."

"우와~ 역시 시아 언니 멋져. 사람이 이렇게까지 쿨할 수가 있는 거야?"

"그럼 유주 누나가 먹을 것도 생각해서 1인분을 더 사야겠네."

"잠깐."

다시 카트를 밀고 가려는데 인비가 내 앞을 막아섰다.

"왜?"

"2인분 더 사. 나도 갈 거야."

"너는 왜 따라오려 그래? 집에 가."

"싫어. 시아 언니! 나도 갈래요. 괜찮죠?"

카시아스는 유주 누나 때완 확연히 다른 반응을 보였다.

"탐탁잖아."

"엥? 왜요!"

"넌 말이 너무 많아."

"알았어요, 말 줄일게요! 그러니까 따라가게 해줘요, 네? 부탁이에요. 제발요. 이렇게 빌게요. 내가 언니 얼마나 좋아한다구요! 유주 언니한테 했던 것처럼 쿨하게 허락해 줘요! 그래요 사실 언니가 좋은 것도 있지만, 지웅이가 해주는 음식 먹어볼 기회가 또 언제 오겠냔 말예요. 그리고 여기까지 같이 왔는데 갑자기 나만 쏙 빼놓고 가면 왕따 당하는 기분 든단 말예요. 제가 기분 상해서 자살이라도 하면 어쩌려 그러세요? 그렇다고 협박하는 건 아니에요. 그러니 제발 저도 같이……."

카시아스의 이마에 힘줄이 빠득 하고 올라왔다.

"그만!"

카시아스가 인비의 말을 막았다.

"데려갈 테니 그만 떠들어!"

"꺅~! 고마워요, 언니!"

인비가 카시아스의 팔에 덥석 매달렸다.

카시아스는 그런 인비의 행동까지 제지하지는 않았다.

그나저나 인비도 참 대단하다.

수다 떠는 게 싫어서 데려가지 않겠다고 했더니, 그걸 역이용해서 데려가게끔 만들다니.

아무튼 여차저차 해서 결국 모두가 함께 카시아스의 집으로 가게 되었다.

요리를 4인분이나 해야 한다니.

졸지에 바빠지게 생겼네.

*　　*　　*

마트에서 나와 택시를 기다리고 있었다.

그런데 4인분이나 되는 요리 재료를 산지라 내 양손엔 짐이 가득했다.

무거운 건 아니었지만 여자 셋 사이에서 혼자 짐을 들고 있자니 그림이 뭔가 좀 이상했다.

카시아스와 인비는 애초부터 짐을 들겠다는 마음 자체가 없었다.

그나마 착한 유주 누나가 짐을 나누어 들자고 했다.

하지만 거절했다.

가뜩이나 마음도 무거울 텐데 양손까지 무거울 필요는 없으니까.

"마트 앞인데 왜 이렇게 택시가 안 오냐."

한참 택시를 기다리고 있는데, 오라는 택시는 안 오고 의외의 사람이 왔다.

"지웅아?"

낯익은 이 목소리.

어제도 전화 통화를 하며 들었던 목소리.

목소리의 주인공은 바로 아랑이였다.

"아랑아."

"어디 가?"

"아, 지금… 사람들이랑……."

뭐라고 하지?

원래는 카시아스의 집에 초대받아 둘이서 먹을 요리 재료를 사기 위해 나왔었다.

그런데 어쩌다 보니 인원이 불어났다.

그것도 전부 여자들로만.

그렇다 보니 이 상황을 어떻게 설명해야 할지 난감했다.

"그… 집들이 가는 중이야!"

그래, 집들이!

그게 가장 좋은 변명이지.

"집들이?"

"응."

"와, 또 예쁜 언니 등장이네."

인비가 그새를 못 참고서 나섰다.

"언니 아니거든. 나랑 동갑이야."

"아~ 그렇구나. 안녕? 난 박인비라고 해."

"아, 저는 연아랑이에요."

아랑이가 얼떨떨하게 자기소개를 했다.

"연아랑? 어쩜 이름도 예쁘네. 지웅이랑은 무슨 사이?"

"같은 고등학교 다녀요."

"그래~? 반 친구야?"

"네."

"여자 친구는 아니고?"

그 물음에 아랑이가 머뭇거리며 내 눈치를 봤다.

난 웃으며 고개를 끄덕였다.

아랑이는 마주 고개를 끄덕이고서는 대답했다.

"여자 친구… 맞아요."

"뭐어?!"

인비가 화들짝 놀라 펄쩍 뛰었다.

그러더니 대뜸 내 멱을 쥐었다.

"너 여자 친구 있다는 얘기 왜 안 했어!"

"안 물어봤잖아. 그리고 오늘 너랑 만난 지 얼마 되지도 않았거든? 그런 얘기까지 할 여유가 어디 있었어?"

그때 유주 누나가 아랑이에게 인사를 건넸다.

"아랑이라고 했죠? 저는 한유주예요. 지웅이랑은 편의점에서 알바 하다가 알게 된 사이구요."

"아, 안녕하세요. 처음 뵙겠습니다."

"지웅이한테 이렇게 예쁜 여자 친구가 있는 줄 몰랐네요. 지웅이, 너 이러기야? 얌전한 고양이 부뚜막에 먼저 올라간다더니. 어쩜 나한테 아무 말도 안 할 수가 있어? 소개 좀 미리 시켜주지."

유주 누나가 괜히 너스레를 떨었다.

아무래도 여자 친구 앞에서 다른 여자들 사이에 둘러싸여 있는 나 때문에 분위기가 어색해질 걸 염려한 모양이다.

유주 누나는 다시 말을 이었다.

"아랑 씨. 뭐 이상한 오해 같은 거 하는 건 아니죠?"

"네? 아뇨, 그런 거 안 해요."

"이럴 거면 애초에 여자 친구도 같이 부르지 그랬어? 평소에 자주 연락 안 하니?"

"특별한 일이 없으면 하루에 전화 한 통 정도……?"

난 솔직하게 얘기했다.

그러자 유주 누나가 고개를 절레절레 저었다.

"그러면 안 돼. 여자는 사랑을 먹고사는 존재라고. 내 남자한테 연락이 뜸하면 얼마나 서운한지 알아? 오늘도 아랑 씨가 아무런 사정도 모르고 있었는데 이런 식으로 길에서 마주치면 얼마나 당황스럽겠어. 그렇지?"

생각해 보니 그것도 그렇다.

"그렇네요. 사실 제가 연애는 처음이라 뭘 어떻게 해야 하는지 잘 몰라서……."

"그럼 그건 너보다 조금 더 연애 선배인 내가 가르쳐 줘야겠네. 아랑 씨는 연애 좀 해봤어요?"

"아니요. 이번이… 처음이에요."

"그래요? 혹시 지금 바빠요? 다른 약속 있다거나."

"아니에요. 친구랑 얼굴 보고 집에 들어가려던 참이었어요."

"마침 잘됐네요. 아랑 씨도 그럼 같이 가요. 내가 아랑 씨한테도 연애 코치 해줄게요. 그래도 되죠, 시아 언니?"

유주 누나가 카시아스에게 물었다.

카시아스는 늘 그렇듯이 심드렁하게 대답했다.

"좋을 대로."

"잘됐다. 그럼 그렇게 하는 걸로!"

"아… 정말 그래도 되는지."

"집주인이 된다 그랬는데요, 뭐. 그리고 지웅이 여자 친구를 여기서 이렇게 마주쳤는데 혼자 쏙 빼놓고 가는 것도 그림이 이상하잖아요."

"그래. 집들이 같이 가자, 아랑아."

나까지 나서니 아랑이는 마지못해 고개를 끄덕였다.

"그럼… 실례할게요."

결국 그렇게 난 여자 넷과 예정에도 없던 카시아스의 집들이를 하게 되었다.

* * *

쫘아아아.

탁탁탁탁.

사들고 온 재료들을 씻고 다듬으며 요리를 시작했다.

마르펭의 요리 실력 덕분에 단 한 시간 만에 무려 네 가지의 음식을 완성시킬 수 있었다.

내가 만든 건 크림 파스타와 매시트포테이토를 곁들인 와인 소스 스테이크, 해산물 크림 리조또, 그리고 매콤한 토마토 비프 스튜였다.

음식들을 테이블에 세팅하고 나니 카시아스를 제외한 나머지 여인들은 모두 환호성을 내질렀다.

"꺄아~! 완전 맛있겠다! 지웅이 너 장난 아니다? 여자 친구만 아니었으면 오늘 내가 자빠뜨리는 건데."

"지웅아, 너 원래 이렇게 요리 잘했니? 어디 레스토랑에 온 것 같아."

"잘 먹을게, 지웅아. 오일 닭발 이후로 지웅이가 만든 요리는 처음이네?"

차례대로 인비, 유주 누나, 아랑이의 반응이었다.

"다들 맛있게 드세요."

여자들은 잘 먹겠다고 합창을 한 뒤, 열정적으로 음식을 먹기 시작했다.

"어머어머! 어떻게 이런 맛이 나지? 내가 태어나서 먹어봤던 크림 파스타 중에서 이게 제일 맛있어~! 비법이 뭐야? 응? 응? 가르쳐 주라~!"

인비가 호들갑을 떨어댔다.

유주 누나도 놀란 눈을 하고 음식에 대한 칭찬을 이어나갔다.

"나 스테이크 미디움레어 먹는 거 제일 좋아하는데. 진짜 잘 구웠다. 매시트포테이토도 정말 부드럽고 간이 딱 맞아."

카시아스는 별 다른 말 없이 먹는 데만 집중했다.

난 아랑이를 바라봤다.

엄청난 대식가이자 먹을 것을 진정으로 사랑하는 내 여자 친구는 어떤 평을 내릴지 궁금했다.

"요리들이 하나같이 정말 맛있어, 지웅아. 특히 크림 리조또랑 스튜가 대박이야. 이렇게 맛있으면 20인분도 먹을 수 있을 것 같아."

대성공이다.

너무 뿌듯해서 입이 귀에 걸릴 것 같다.

그런데 인비가 아랑이의 어깨를 탁 치며 말했다.

"어머 너무 과장이 심하다. 아무리 맛있어도 그렇지 어떻게 20인분을 먹니? 남자 친구가 만들었다고 너무 추켜세우는 거 아니야?"

"아니에요. 정말 20인분 먹을 수 있어요."

"풋! 네가 박태환이니? 그렇게 많이 먹게."

그건 인비가 아랑이를 잘 몰라서 하는 말이다.

아랑이는 정말로 20인분을 먹을 수 있는 여자다.

지금도 음식을 가장 많이, 그리고 빨리 먹고 있는 사람은 아랑이… 가 아니네?

내 생각과 달리 포크와 숟가락을 제일 바쁘게 놀리는 건 카시아스였다.

그녀는 쉬지 않고 손과 입을 움직였다.

아랑이가 그런 카시아시를 슬쩍 보더니 질 수 없다는 듯, 전보다 더 빠르게 음식들을 먹기 시작했다.
그러자 카시아스도 속도를 높였다.
아랑이는 더 높였다.
갑자기 두 여인의 신경전이 펼쳐졌다.
처음엔 음식을 즐기던 인비와 유주 누나는 멍하니 두 사람을 바라보기만 했다.
결국 5분도 지나지 않아 내가 차린 모든 음식이 동이 나버렸다.
카시아스와 아랑이가 포크를 내려놓고 시선을 마주쳤다.
둘 사이에서 불똥이 튀는 것 같았다.
'아랑이가 이런 데에 목숨 걸다니…….'
늘 음식을 즐기기만 했던 아랑이였다.
그런데 경쟁자가 생기니 알 수 없는 승부욕에 불타고 있었다.
아니 근데 아랑이는 그렇다 치고 카시아스는 왜 아랑이랑 경쟁하는 거야?
"좀 먹네?"
카시아스가 말했다.
"제가 먹부림은 좀 하거든요."
아랑이가 받아쳤다.
"언제 제대로 날 잡고 밥이나 먹으러 가지?"
"좋아요. 언제든 괜찮아요."

다시 한 번 두 여인 사이에서 불똥이 튀었다.

…부탁이니까 그런 걸로 싸우지 마, 둘 다.

*　　*　　*

이상한 집들이가 끝나고 우리는 카시아스의 집에서 나왔다.

그때까지도 아랑이와 카시아스의 사이는 알 수 없는 냉기가 흐르고 있었다.

"오늘 정말 잘 먹었어, 지웅아. 초대해 주셔서 감사했어요, 시아 언니."

집 앞에서 유주 누나가 먼저 인사를 건넸다.

"나도 즐거웠어요~ 시아 언니~! 담에 또 올게요!"

뒤이어 인비도 작별 인사를 했다.

아랑이와 카시아스는 말없이 서로를 바라보다가 약속이라도 한 듯 고개를 휙 돌렸다.

생전 한 번도 보지 못했던 아랑이의 모습을 보고 있자니 많이 당황스러웠다.

"카시아스, 그만 가볼게. 다음에 봐."

"가라."

그 말을 남겨두고 카시아스는 집으로 들어갔다.

유주 누나와 인비는 먼저 떠났고, 나는 아랑이와 둘이 잠시 길을 거닐었다.

"아랑아, 괜찮아?"
"미안, 지웅아. 놀랐지?"
"응… 조금."
"정말 미안해. 나도 내가 왜 그랬는지 모르겠어. 그렇게 먹는 사람을 처음 만나봐서 그랬나 봐."
하긴 아랑이만큼 먹을 수 있는 사람은 보기 드물지.
카시아스의 밥통이 얼마나 큰지 정확히는 알 수 없지만, 먹는 속도는 정말 빨랐고, 접시를 싹 비우고 나서도 포만감이 전혀 없는 얼굴을 보면 대식가이긴 한 모양이다.
"근데 지웅아."
"응?"
"어쩐지 조금 즐겁기도 했어."
말을 하며 아랑이가 방긋 미소 지었다.
"즐거웠다고?"
"응. 이상한 승부욕이 일긴 했는데, 한편으로는 재밌더라고. 그래서 다음번에 그분 꼭 한번 다시 만나보고 싶어."
…참 여자들은 알다가도 모르겠다.
뭐, 무작정 카시아스를 기분 나쁜 사람이라고 생각하는 것보단 나으려나?

Chapter 9
설우의 계획

토요일 오전.

나는 일찍부터 집에서 나왔다.

택시를 타고 춘천역으로 향했다.

돈을 지불하고 내려 미리 예매해 둔 기차표를 들고 ITX에 몸을 실었다.

목적지는 종로.

ITX를 타고 가다가 청량리에서 내려 일반 전철로 갈아타면 된다.

오늘은 로열 그룹이 종로에서 사랑의 밥차를 끌고 와 노숙자들에게 무료 급식을 나누어 주는 봉사 활동을 하는 날이다.

사실 다 허울일 뿐이다.

정말 노숙자들을 위하는 마음 같은 걸 가진 사람은 없을 게 뻔하다.

모두 보여주기식이다.

로열 그룹의 이미지를 좋게 만들기 위한 이벤트다.

하지만 그렇다 한들 노숙자들에겐 무료 급식 한 끼가 정말 소중한 것일 테지.

그럼 보여주기 식이라도 이런 봉사 활동을 하는 게 나은 걸까, 아니면 노숙자들을 이용하는 행위니 하지 않는 게 나은 걸까.

그런 생각을 하다 보니 머리가 아파왔다.

사실 난 이런 식의 생각을 잘 하지 않는 편이다.

아무리 깊이 생각해 봐도 정답 같은 게 나오지 않기 때문이다.

난 생각하는 걸 그만두고 좌석에 몸을 묻었다.

잠이나 자자.

* * *

한 잠 푹 자던 와중 기분이 싸해서 눈을 떴다.

차창 너머 보이는 배경이 가만히 멈춰 있었다.

내가 잠들기 전까지 보았던 뻥 뚫린 자연 경관이 아니었다.

꽉 막힌 지하철도 내부였다.

황급히 열차 안, 안내 문구를 봤더니 청량리역이었다.

"헉!"

난 깜짝 놀라 열린 기차 문이 닫히기 전 후다닥 내렸다.

"휴우."

다행히 기차는 내가 내리자마자 문을 닫고 떠났다.

사람이 육감이라는 게 있긴 있는 모양이다.

아무튼 무사히 청량리에서 내려 1호선으로 갈아타 종로로 향했다.

오늘 로열 그룹이 봉사 활동을 하기로 한 장소는 종로의 서린 공원이었다.

내가 도착한 시간은 10시.

아직 공원엔 사랑의 밥차가 도착하지 않았다.

하지만 노숙자들은 상당히 많았다.

벌써 로열 그룹이 오늘 여기서 무료 급식 봉사를 한다는 걸 알고 있는 듯했다.

난 공원을 거닐며 느긋하게 시간을 보냈다.

한 시간이 지났다.

11시가 넘어갈 때쯤, 음식을 가득 실은 사랑의 밥차가 공원 안으로 들어섰다.

그에 노숙자들이 우르르 몰려들자 어디서 나타난 건지 까만 양복을 아래위로 걸친 경호원들이 그들을 줄 세웠다.

이윽고 밥차의 짐칸이 열렸다.

그 안에는 로열 그룹의 사람이자 현 시의원을 하고 있는 곽정철 의원과 보좌관을 비롯, 그를 지지하는 사람들이 타고 있었다.

곽정철 의원은 누가 봐도 사람 좋은 미소를 지으며 노숙자들과 일반 시민들을 향해 손을 흔들었다.

그와 동시에 여기저기서 플래시 세례가 터졌다.

찰칵! 찰칵!

이 기자들은 또 어디에 숨어 있다가 갑자기 나타난 건지 모르겠다.

밥차에서 배식 준비를 하는 동안 곽정철 의원은 기자들과 인터뷰를 하고 사진을 찍었다.

곽정철 의원이 밥차에 실린 음식들을 하나하나 먹어보며 정말 맛이 좋다고 하는 영상을 어느 방송국 뉴스 VJ가 카메라에 담았다.

그렇게 30분 정도가 흐르고 나서 모든 배식 준비가 끝이 났다.

노숙자들이 줄을 선 차례대로 배식을 받기 시작했다.

곽정철 의원은 그런 노숙자들에게 밥을 퍼 담아주며 일일이 악수를 청했다.

그렇게 한창 분위기가 무르익을 때쯤, 로열 그룹의 사장이자 백설우의 아버지인 백천호가 나타났다.

백천호의 등장에도 곽정철 의원은 열심히 밥만 펐다.

배식을 하는 데 완전히 정신이 팔려 백천호가 오거나 말거나 신경 쓸 틈조차 없다는 모습이었다.

하지만 내 눈엔 연출을 하는 티가 팍팍 났다.

백천호는 곽정철 의원을 멀리서 흐뭇하게 바라봤다.

그런 백천호의 모습도 카메라에 담겼다.

그렇게 10분 정도가 지난 후, 백천호가 곽정철에게 다가갔다.

그제야 곽정철은 백천호를 뒤늦게 발견했다는 듯 반갑게 맞아주었다.

두 사람이 포옹하고 악수하는 장면 역시 수많은 카메라에 담겼다.

줄을 서 있던 노숙자들 중 몇몇이 그 광경에 환호하며 박수 쳤다.

저들은 아마 노숙자 연기를 하고 있는 이들이리라.

이런 장면이 연출될 때 환호하라고 곽정철이 심어놓은 것이다.

두 사람은 아주 사이좋은 벗의 모습을 연출한 뒤, 다시 배식을 시작했다.

이제는 백천호도 배식에 참여했다.

그렇게 이 자리에 모인 이들 중 가장 영향력 있는 두 사람이 열심히 배식을 하던 와중, 새로운 인물이 다가오고 있었다.

바로 백천호의 아들 백설우였다.

백천호는 아무것도 모른 채 배식을 하고 가식적인 미소를 짓느라 여념이 없었다.

곽정철 역시 마찬가지였다.

그 자리에 모인 기자들도 백설우에겐 전혀 관심이 없었다.

오직 나만, 설우를 보고 있었다.

그러다 드디어 설우가 사랑의 밥차 가까이에 다가왔다.

설우는 배식을 하던 두 사람에게 인사를 건넸다.

"곽 의원님, 아버지, 고생이 많으세요."

곽정철과 백천호가 동시에 고개를 돌렸다.

그리고 지척까지 다가와 서 있는 설우를 보고서 그대로 굳어버렸다.

여기에 온 이후부터 입가에서 사라지지 않았던 미소까지 일순 가셨다.

누가 봐도 당황한 티가 역력히 드러났다.

하지만 그들은 상황을 수습하기 위해 다시 미소를 머금었다.

심지어 자신의 아들을 죽이려 들었던 백천호는 두 팔 벌려 설우를 반겨주었다.

"우리 장남이 여기엔 무슨 일로 왔을까?"

백천호는 저런 말을 하면서 머릿속으로 어떻게 해야 자연스럽게 설우를 돌려보낼 수 있을까 생각하는 중이겠지.

설우는 그런 백천호를 보며 그에게만 들릴 듯한 목소리로 또박또박 얘기했다.

"무슨 일로 왔겠어요? 곽 의원님이랑 아버지께서 이렇게 고생하시는데 장남인 제가 집에만 박혀 있을 수 없어서 도우러 나왔죠."

설우의 말에 백천호가 놀라 입을 쩍 벌렸다.

그도 그럴 것이 설우는 여태껏 자신이 자폐증을 모두 고쳤다는 사실을 감추고 있었다.

당연히 백천호는 설우의 상태가 전과 다름없을 것이라 생각했다.

그런데 일반인과 별다를 바 없이 말하고 행동하니 얼마나 놀랐겠는가.

갑자기 모든 카메라가 설우에게 집중되었다.

찰칵! 찰칵!

사방에서 플래시가 터졌다.

설우는 그에 당황하지 않고 여유로운 미소를 지었다.

잠시 그런 설우를 지켜보던 백천호는 자신이 어떻게 행동해야 좋을지 판단하고 즉시 실행에 옮겼다.

그가 밥차에서 내려와 설우를 품에 꼭 끌어안고 등을 두들겼다.

"장하다, 내 아들!"

그는 크게 외친 뒤, 설우에게만 들릴 듯 작은 목소리로 중

얼거렸다.
"어떻게 된 거냐. 내가 알던 설우가 아닌 것 같구나."
물론 백천호의 음성은 나와 설우만 들을 수 있었다.
설우가 대답했다.
"연기였습니다."
"뭐?"
"전 자폐증에 걸리지 않았어요, 아버지."
"그게 무슨 말이냐?"
"작은아버지를 방심하게 만들기 위해서 연기를 한 거라구요. 무슨 말씀인지 아시겠죠?"
그러자 백천호의 동공이 파르르 떨렸다.
이윽고 그의 입꼬리가 씩 말려 올라갔다.
백천호는 설우와 포옹을 끝내고서 한 손을 잡아 만세하듯 들어 올렸다.
설우도 그런 백천호의 행동을 거부감 없이 따라 했다.
"여러분! 제 자랑스러운 장남이 아비 혼자 고생하는 걸 못 보겠다고 직접 손을 거들러 왔습니다! 내가 지금 기분이 얼마나 좋을지 짐작들 되시지요? 하하하하하하!"
백천호가 능숙하게 상황에 대처하며 소리쳤다.
그러고서는 설우를 데리고 밥차에 올라가 함께 배식을 시작했다.
둘은 배식을 하는 와중 계속해서 작게 대화를 나눴다.

"언제부터냐. 연기를 한 게."

"아버지는 제가 자폐아라는 걸 언제 알게 됐습니까."

"초등학교 삼 학년 때였나."

"그럼 그때부터일 겁니다."

"그 어린 나이에 자폐아 연기를 했다고?"

"자폐증이 살짝 있었을지도 모르구요."

"약아빠진 놈. 네 작은아버지에게 널 자폐증 환자로 인식시켜서 뭘 어쩌려고 그랬냐."

백천호는 이미 다 알고 있는 것을 일부러 물어보고 있었다.

설우는 순순히 대답해 주었다.

"아버지와 작은아버지는 차기 사장 자리를 놓고 싸우는 중이시죠? 서로의 핏줄에게 그 자리를 넘겨주기 위해서. 그런데 작은아버지는 날 자폐아라고 인식하고 있어요. 그래서 자기 핏줄이 아닌 나를 차기 로열 그룹의 후계자로 밀고 있는 중이죠. 내가 자폐아면 사장 자리를 꿰찬 지 얼마 안 되어 좌천되고 말 테니까요."

"그렇겠지."

"그럼 기회는 자연히 작은아버지 핏줄에게 돌아가 버리고 맙니다. 작은아버지가 노리는 건 그거예요. 하지만 아버지, 저는 정상입니다. 제가 자폐아라는 건 대외적으로 알려진 사실이죠. 기자들도 절 자폐아로 알고 있을 겁니다. 지금도 마찬가지로 자폐아란 인식을 가지고 있을걸요? 제 자폐증은 그렇게 심한 건 아니었으니까요. 그냥 별생각 없이 아버지를 따라 나와 봉사 활동을 하고 있는 거라 생각하겠죠."

음? 내가 처음 설우에게 들었던 계획이랑은 좀 다른데.

본래 설우는 이 자리에서 자신이 정상임을 알릴 계획이라 말했었다.

그런데 설우는 백천호 말고 다른 사람들에겐 오히려 자폐증이 낫지 않은 듯 연기를 하고 있었다.

무슨 생각인 걸까?

두 사람은 바삐 배식을 하며 계속 이야기를 주고받았다.

"그래서 네가 생각하는 게 뭐냐."

백천호가 물었다.

"전 계속 자폐증 환자인 척 연기를 할 겁니다. 작은아버지는 절 변함없이 차기 후계자로 추천하겠죠. 아버지는 그런 작은아버지를 견제하는 연기를 해주세요. 그러다가 제가 사장 자리에 앉는 날, 가면을 벗어던질 겁니다. 그러면 그제야 작은아버지는 자신이 실수한 걸 알고 무릎을 탁 치겠죠. 하지만 이미 때는 늦어 있을 거예요."

"……."

백천호는 말없이 미소를 머금었다.

그야말로 완벽한 계획이었다.

애초에 설우가 내게 말했던 것보다 지금 늘어놓은 것이 더욱 괜찮았다.

설우를 보는 백천호의 눈동자가 확 달라졌다.

그가 설우의 등을 과장되게 탁탁 두들기며 말했다.

"여러분! 아시는 분도, 모르시는 분도 계시겠지만, 우리 장남은 보통의 사람과는 조금 다릅니다! 마음의 병을 앓고 있죠. 하지만 그러면 어떻습니까? 자신도 아버지와 함께 직접 봉사 활동을 하겠다고 이렇게 찾아오는 아들이 전 그저 자랑스러울 따름입니다!"

그러자 사방에서 박수가 터져 나왔다.

찰칵! 찰칵!

카메라 플래시는 그전보다 훨씬 많이 터졌다.

설우는 백천호의 옆에 서서 배식 봉사를 시작했다.

그러다 멀리서 지켜보는 나와 눈이 마주쳤다.

설우가 해맑게 미소 지으며 눈인사를 했다.

나도 고개를 끄덕여 주었다.

* * *

봉사 활동이 끝날 때까지 내가 우려했던 일은 일어나지 않았다.

설우가 자폐증이 치료된 모습을 감추고서 연기를 했으니 당연한 일일 것이다.

설우는 백천호와 함께 차를 타고 돌아갔다.

때문에 개인적으로 말 한마디 나눌 여유도 없었다.

아무튼… 나도 슬슬 자리를 떠야겠다.

의뢰인들을 만나러 갈 때마다 쓰는 가면을 착용한 상태라 주위 사람들이 이상하게 쳐다보기 시작했다.

'이걸로 설우의 문제는 해결된 거겠지.'

앞으로 내가 설우를 도울 일은 없다.

이제 백천호는 설우가 죽기를 바라지 않을 것이다.

아울러 설우도 이젠 자신을 죽여달라는 말을 하지 않는다.

당당히 후계자의 자리를 차지하기 위해 노력하는 중이다.

그리고 자폐증도 완전히 치유되었다.

'다음번엔 작별 인사를 하러 가야겠군.'

설우에게 주었던 라모나의 능력도 되찾아와야겠지.

어찌 되었든 가장 길었던 의뢰는 이걸로 끝이다.

이제 밀려 있던 다른 의뢰들을 해결해야겠다.

Chapter 10
복슬이 찾기

일요일 아침.

눈을 뜨자마자 데일리 히어로 사이트에 접속했다.

사이트는 날이 갈수록 성황이었다.

그에 따라 게시판에 올라오는 의뢰 글의 수도 빠르게 늘어갔다.

현재 내가 직원으로 뽑은 세 사람, 장혁우, 안준형, 김기혜 씨는 자기 맡은 일을 열심히 해주고 있었다.

그들 중 가장 많은 의뢰를 해결한 사람은 혁우 씨였다.

혁우 씨는 한 달 동안 총 10건의 의뢰를 해결해 건당 20만 원씩 계산해서 총 200만 원을 가져갔다.

준형 씨는 140만 원, 기혜 씨는 120만 원을 가져갈 수 있었다.

다들 이 일에 만족하는 눈치였다.

비록 지금은 내가 회사를 제대로 설립한 게 아닌지라, 직함은 직원이지만 아르바이트의 개념이 더 컸다.

하나, 난 졸업을 하자마자 회사를 정식 법인으로 등록할 것이고, 그들 역시 정직원으로 고용할 생각이다.

물론 그들뿐만 아니라 그들의 선행을 카메라에 잘 담아주는 카메라맨들에게도 돈을 지불했다.

그 영상은 모두 상덕이가 편집해서 유튜브 채널과 데일리 히어로 사이트에 올렸다.

처음에는 나만 등장해서 활약하던 동영상이 이제는 마른 남자 한 명, 덩치가 제법 있는 남자 한 명, 여자 한 명이 늘어나서 훨씬 풍성하고 볼만해졌다.

그와 동시에 대체 가면을 쓰고 선행을 하는 사람들의 정체가 무엇인지 궁금해하는 사람들도 늘어났다.

유튜브 채널에 올리는 동영상은 이제 한 편당 기본 40만 조회수를 넘어서고 있었다.

그에 따라 내 통장으로 들어오는 금액도 상당히 짭짤해졌다.

난 뿌듯한 마음으로 내가 할 수 있는 의뢰가 무엇이 있을까 검색해 나갔다.

당장 학교를 왔다 갔다 하며 처리할 수 있는 의뢰가 다섯 개 정도 보였다.

'잃어버린 강아지를 찾아주세요.'

'하루 동안 아이들을 돌봐주세요.'

'우리 아이를 학교에서 괴롭히는 애들이 있어요. 도와주세요.'

'바람피우고 헤어진 전 남자 친구 앞에서 새로운 애인인 척해주세요.'

'아빠의 가정 폭력에 엄마가 집을 나갔어요. 엄마를 찾아주시고, 아빠가 더 이상 폭력을 행사하지 않게 해주세요.'

이건 나 말고 알바생들이 하기는 힘든 일들이다.

실종된 애완동물을 찾는 게 의외로 어렵다.

그래서 애완동물이 한번 사라지면 여기저기 광고문을 붙이고 하는 것이다.

그럼에도 다시 찾게 되는 애완동물은 극히 일부에 불과하다.

하지만 내게는 애니멀 링크의 능력이 있다.

이 능력을 사용하면 동물들과의 의사소통이 가능해진다.

일전에 잃어버린 고양이를 찾아달라던 의뢰도 이 능력으로 해결했다.

그다음으로 하루 동안 아이들을 돌봐달라는 의뢰 역시 알바생들이 하기엔 부담이 크다.

잘할 수 있을 것 같아서 수락했다가 만약 아이들한테 어떠한 안전사고라도 발생하면 큰일이 난다.

알바생들은 그런 상황을 책임질 수 없다.

해서, 이런 의뢰는 내가 맡는 게 낫다.

특별히 '아이들을 잘 돌봐주는 능력' 같은 게 있는 건 아니다.

그러나 적어도 난 아이들이 안전사고가 나지 않도록 해줄 수는 있다.

영혼들에게서 얻은 내 여러 가지 능력을 상황에 맞게 사용하면 충분히 가능하다.

다음.

학교에서 괴롭힘 당하는 아이를 도와달라.

어찌 보면 내 입장에서는 이런 게 가장 쉽다.

레이브란데의 인과율을 시전받은 뒤 죽 겪어본 바로, 폭력은 폭력으로 제압하는 것이 제일이었다.

요즘 애들이 무섭다고는 하지만 그들도 결국 사람이다.

절대적인 공포 앞에서는 결국 겁먹은 개처럼 꼬리를 말게 된다.

놈들에게 다시 한 번 의뢰인의 아이를 건드리면 어떻게 되는지 톡톡히 맛보여 주면 상황은 종결될 것이다.

다음 의뢰.

바람피우고 헤어진 전 남자 친구 앞에서 새로운 애인인 척

해주세요.

이것 역시 알바생들이 하기엔 부담스러울 수 있다.

물론 여자인 기혜 씨는 이 의뢰를 맡을 수가 없으니 처음부터 제외다.

그럼 남자 둘이 남는데, 사실 그들 중 누군가가 한다고 나서도 내가 말려야 하는 게, 우리 일은 기본적으로 가면을 쓰고 해야 한다.

그러니 민낯을 보여야 하는 이 의뢰를 애초에 맡을 수 없는 것이다.

하지만 난 믿는 구석이 있다.

바로 카시아스다.

그 녀석은 자신의 모습을 고양이로도 바꾸는 마법사다.

내 외형 정도쯤이야 얼마든지 다르게 바꿔줄 수 있을 것이다.

마지막 의뢰.

아빠의 가정 폭력 때문에 집 나간 엄마를 찾아주고, 아빠가 더 이상 폭력을 휘두르지 않도록 도와달라.

이게 가장 애매하다.

원래 이런 깊은 가정사엔 끼어들어봤자 남는 게 하나도 없는 법이다.

하지만 가정 폭력에 시달린다는 이야기를 보고서 그냥 지나칠 수가 없었다.

게다가 글을 작성한 이가 이제 겨우 중학교 1학년인 여학생이었다.

아빠라는 사람의 폭력이 중학생 딸에게도 가해지고 있다면 반드시 막아야 하는 게 맞다.

난 다섯 명의 의뢰인에게 전부 쪽지를 남긴 뒤, 집을 나섰다.

* * *

"형! 보고 싶었어요."

집을 나와서 향한 곳은 설우의 집이었다.

설우는 몰래 방 안으로 들어온 날 보자마자 어린아이처럼 기뻐하며 반겼다.

난 설우의 머리를 슥슥 쓰다듬어 주었다.

"나도 보고 싶었다."

"오늘도 치료하는 건가요?"

"아니, 이제 그만해도 될 것 같아."

"네?"

"끝났다고. 너 이제 멀쩡해. 더 해봤자 의미 없을 거야."

"아……."

"그래서 오늘은 작별 인사 하러 왔다."

"작별… 인사요?"

"응."

설우의 얼굴에 아쉬움이 가득했다.

난 그런 설우에게 손을 내밀었다.

"악수나 한번 하자."

"형… 제가 치료된 건 치료된 거고… 굳이 우리가 안 볼 필요가 있어요? 형은 저한테 생명의 은인이에요. 그런데 그냥 이렇게 작별을 해야 한다는 게 전 이해가 안돼요."

"인마. 사람은 원래 자기가 발 담근 물에서만 놀게 되어 있어. 노는 물이 다르면 자연스레 연락도 줄어들고 멀어지게 된다고. 그때 가면 더 슬플 거다. 그러니까 지금 여기서 작별하는 게 맞아. 너는 로열 그룹의 후계자로 거대 기업 사람이며 정재계 인사들을 상대해야 할 텐데, 내가 어디 그쪽 인맥에 가당키나 하냐."

"저는 그래도 형이랑 연락하고 지낼 거예요."

"그렇게 말해주는 것만도 고맙다."

"말만 하는 게 아니라구요."

"손이나 잡아."

설우는 내 강요에 못 이겨 어쩔 수 없이 내민 손을 마주 잡았다.

그 순간 난 레이븐 링의 힘을 이용해 설우에게 주었던 능력을 다시 가져왔다.

이걸로 됐다.

설우의 의뢰는 완료되었고, 영혼의 힘은 되찾아왔다.
난 맞잡은 손을 가볍게 흔들고 놓았다.
"간다. 이제 혼자서 잘해 나갈 수 있지?"
설우의 눈에 눈물이 그렁그렁했다.
녀석은 선뜻 대답하지 못하고서 복잡한 감정이 담긴 시선으로 날 바라보았다.
"어서 대답해."
설우는 대답 대신 이렇게 말했다.
"형… 어제… 나 잘했죠?"
…자식이, 내가 생각하는 것보다 훨씬 어른이라니까.
난 설우의 어깨를 툭툭 두들겼다.
"잘했다. 정말 잘했어. 보는 내가 다 뿌듯해지더라."
"앞으로도 지켜봐 주세요. 절대로 무너지지 않을 거예요, 저."
"그래. 나도 그렇게 믿어."
"그동안 정말 감사했습니다!"
설우가 허리를 구십 도로 숙이며 인사했다.
아마 흘러내리는 눈물을 보이기 싫은 것이겠지.
난 그런 설우를 보며 콧잔등을 쓱 매만지고 섀도우 워커의 능력을 이용해 저택을 빠져나왔다.
잘 살아라, 설우야!

*　　　*　　　*

설우의 저택에서 나온 뒤 스마트폰으로 데일리 히어로 사이트에 접속해 쪽지를 확인해 보았다.

내가 쪽지를 보낸 다섯 명 중 가장 먼저 답장을 준 건, 고양이를 찾아달라는 의뢰인이었다.

의뢰인의 집은 평내에 있었다.

다행히 평내면 춘천에서 그리 먼 곳이 아니었다.

난 의뢰인과 연락을 취한 뒤, 춘천역으로 불렀다.

상덕이가 도착하자마자 바로 기차에 올라 평내로 향했다.

*　　　*　　　*

미리 약속했던 장소에서 의뢰인을 만났다.

의뢰인은 20대 중반의 여인이었다.

그녀가 찾아달라는 강아지의 이름은 복슬이.

견종은 삽살이.

잃어버린 건 어제 오전.

아직까지 행방이 묘연했고 어디로 갔는지도 모르겠다고 한다.

의뢰인의 동네는 내가 사는 동네와 비슷한 조금은 낙후된 곳이었다.

동네 안에 골목도 많고 밭도 제법 있었다.

사는 사람들은 대부분이 나이가 좀 드신 분들이었다.

복슬이는 마당에서 길렀고, 대문을 늘 닫아두었는데, 그날따라 밤새 대문 단속을 제대로 안 했었고, 복슬이도 어떻게 목줄을 풀고 달아났다는 것이다.

목줄이 풀리는 건 간혹가다 있는 일이었다고 한다.

나는 상덕이와 복슬이를 찾아 나섰다.

내가 동물들과 교감하는 걸 상덕이가 보면 안 되기 때문에 서로 떨어져서 수소문을 하기로 했다.

난 이번에도 고양이의 도움을 받기로 했다.

이런 동네에는 길고양이들이 제법 있었다.

고양이와 대화를 시도하기 위해서는 우선 내가 녀석들에게 적의가 없다는 걸 알려야 한다.

나는 근처를 지나가는 고양이들이 보이면 무조건 애니멀 링크의 능력으로 정신 교감을 시도했다.

처음 세 마리는 날 무시하고 도망쳤지만 네 번째 고양이는 나와의 대화를 허락했다.

녀석의 이름은 미오였고, 집에서 기르다가 유기묘가 된 케이스였다.

고양이들 사이에선 이런 케이스를 반쪼가리라고 부른다.

다행스럽게도 미오는 복슬이를 목격한 녀석이었다.

새벽녘, 복슬이는 평소 감정이 좋지 않았던 고양이 한 마리가 집 마당에 들어와 약을 올리자 마구 발광하다가 목줄이 풀렸다고 했다.

놀란 고양이가 열린 대문을 통해 달아나니, 복슬이는 고양이를 쫓아서 마당을 나선 것이다.

담벼락에서 이를 구경하던 미오도 호기심이 동해 열심히 고양이와 복슬이의 뒤를 쫓았다.

고양이는 건너, 건넛집에서 마당에서 방치해 놓고 키우던 녀석이었다.

그 집은 성질이 좀 고약한 할아버지가 혼자 사는 곳으로 대문도 달려 있지 않은 곳이었다.

복슬이는 정신없이 고양이를 쫓아 집 마당으로 들어섰다.

그런데 할아버지는 새벽 일찍 일어나 마당 한켠에 있는 작은 텃밭에서 고랑을 일구는 중이었다.

그러던 와중에 갑자기 덩치 큰 개가 들어와 자기네 집 마당을 휘저으니 화가 나서 들고 있던 호미로 복슬이의 머리를 찍어버린 것이다.

그때 뭐가 잘못되었는지 복슬이가 옆으로 픽 쓰러졌고, 할아버지는 복슬이를 창고에 가둬두고 방치해 놓은 상태였다.

거기까지가 내가 미오에게 듣게 된 이야기였다.

"고마워, 미오."

난 미오에게 인사를 건네고서 상덕이와 합류해 할아버지의 집으로 향했다.

미오의 말대로 그 집엔 대문이 달려 있지 않았다.

내가 안으로 들어서려 하자 상덕이가 내 어깨를 잡아끌었다.

"왜?"

"남의 집에 함부로 막 들어가면 어떡해? 신고라도 당하면 어쩌려고."

"복슬이가 이 집 창고에 있으니까 들어가야지."

"그거 확실해?"

"증인이 있었어. 내가 똑똑히 들었다니까. 괴팍한 할아버지가 사는 대문 없는 집이라고."

상덕이는 반신반의하면서도 내 얘기가 틀린 적이 없으니 잠자코 따라왔다.

우리가 마당 안으로 들어서자마자 인기척을 느꼈는지 집주인 할아버지가 문을 벌컥 열고 나왔다.

할아버지는 전체적으로 강팍한 인상에 고리눈을 하고서, 미간엔 세로줄이 깊게 패어 있었다.

누가 봐도 성질머리가 보통이 아니라는 걸 알 수 있었다.

할아버지는 우리들을 보자마자 대뜸 호통부터 쳤다.

"뭐하는 놈들인데 남의 집 마당에 함부로 들어와!"

상덕이는 할아버지의 기세에 눌려 뒤로 자빠졌다.

콰당!

나는 할아버지에게 차분히 물었다.

"할아버지. 어제 새벽에 여기로 삽살개 한 마리 들어왔죠?"

그러자 할아버지가 잠시 움찔했다.

하지만 바로 고개를 내저었다.

"삽살개는 뭔 놈의 삽살개! 그런 일 없어!"

"들어왔을 텐데요."

"그런 일 없다니까!"

상덕이가 주섬주섬 일어나서 카메라를 확인했다.

방금 넘어지면서 카메라가 바닥에 살짝 부딪힌 모양이다.

한데 할아버지가 카메라를 보더니 화들짝 놀랐다.

"그 카메라는 뭐야!"

역시 켕기는 게 있으니까 카메라를 무서워하는군.

아무래도 여기에선 거짓말을 조금 해주는 게 좋을 것 같다.

"할아버지. 사실은 우리가 방송국에서 나온 기자들이에요."

"뭐? 기자?!"

할아버지가 놀라서 펄쩍 뛰었다.

내 옆에 있던 상덕이도 덩달아 펄쩍 뛰었다.

나는 상덕이에게 눈으로 입 다물라는 말을 전한 뒤, 다시 할아버지에게 말했다.

"사실 동네 주민분들한테 제보를 받아서 취재하러 나온 거예요."

"무슨 취재! 나 그런 거 안 해! 썩 꺼져!"

"취재 안 하실 거라구요? 알겠어요. 그럼 그대로 기사 낼게요. 양평에 사는 익명의 할아버지 집에 삽살개 복슬이가 들어갔고, 그 이후로 보이지 않는다는 제보를 받아 찾아갔지만, 할아버지는 인터뷰를 거부했다. 뭔가 의심스럽다. 괜찮죠?"

물론 이런 식으로 기사를 쓰면 큰일 난다.

그건 말도 안 되는 일이다.

하지만 지금은 할아버지를 압박해야 하기에 어쩔 수 없이 거짓말을 해야 했다.

할아버지는 분명 고집스럽게 세상과 단절된 삶을 살아왔을 것이다.

때문에 세상 물정도 잘 모를 게 분명했다.

내 예상대로 할아버지는 길길이 날뛰었다.

"누구 맘대로 그따위 기사를 내보네! 절대 안 돼!"

"그럼 삽살개가 있나 없나 좀 둘러봐도 될까요?"

"그것도 안 돼!"

"이것도 안 된다, 저것도 안 된다, 그러면 어쩌라는 겁니까, 할아버지."

"그냥 다 없던 일로 하고 돌아가!"

옳지, 걸렸다!

바로 저 말이 나오기를 원했던 거거든.

"좋아요, 할아버지. 그럼 이렇게 하는 건 어때요?"

"뭘 어떻게 해? 몰라 나는! 다 몰라! 그냥 꺼져들!"

"들어보세요, 할아버지. 우리는 기자이긴 하지만 동물보호연대에 가입한 사람들이기도 해요. 물론 우리가 지금 제 역할을 하려면 할아버지를 취재해야겠죠."

"그런데 뭐!"

할아버지는 내가 뭐라고 하든 악만 계속 질러댔다.

"그래서 할아버지가 복슬이에 대해 솔직하게 말씀해 주시면 취재 안 할게요. 그리고 이번 일도 없던 걸로 할게요. 그냥 우리만 알고 넘어갈게요. 복슬이도 할아버지네 집이 아닌 다른 곳에서 발견했다고 말하면 되잖아요."

"웃기고 있네!"

"김VJ, 카메라 치워."

"응? 아, 응."

상덕이가 카메라를 뒤로 감췄다.

"이제 믿겠어요?"

"정말… 취재 안 할 거야?"

"안 한다니까요."

"복슬이 이야기도 안하고?"

"그럼요."

"그걸 어떻게 믿어!"

"어떻게 하면 믿으시겠어요?"

할아버지는 잠깐 고민하다가 집으로 후다닥 뛰어 들어갔다.

그러더니 종이와 펜 한 자루를 가지고 다시 나왔다.
할아버지는 그걸 내게 들이밀며 말했다.
"각서 써!"
"각서 쓰면 믿으시겠어요?"
"그럼! 각서 쓰면 믿지! 각서는 거짓말 안 하니까!"
역시 옛날 분이신지라 해결 방법도 단순하고 간단했다.
요즘 시대엔 각서 한 장 가지고 상대방의 믿음을 사긴 힘들다.
할아버지가 괴팍하긴 하지만, 그만큼 순진한 면도 있는 것 같았다.
"알겠어요. 각서 써드릴게요."
"내가 말하는 대로 써!"
"네네, 얼마든지요."
"방송국쟁이 아무개, 아무개는! 아무개에는 니들 이름 적으면 돼. 알지?"
"네, 알아요."
"복슬이와 나와 관계된 어떠한 이야기도 하지 않겠다! 만약 이를 어길 시, 목숨으로 보상하겠다!"
참 터프하시네.
"네, 다 적었어요."
"다 적었으면 날짜 적고 밑에 이름 쓰고 둘 다 싸인해."
나와 상덕이는 할아버지가 시키는 대로 종이에 적었다.

당연한 얘기지만 이름은 가명을 적었다.

사인도 즉석에서 대충 만들었다.

하지만 할아버지는 각서를 탁 빼앗아서 읽어보더니 주민증을 확인할 생각도 않고 접어서 품에 넣었다.

"따라와."

할아버지는 우리를 집 뒤편 창고로 안내했다.

투박한 손으로 창고 문손잡이를 잡은 할아버지가 다시 한 번 당부했다.

"각서는 나한테 있다. 만약에 조금이라도 이상한 소문이 돌면 너희들 목숨은 그날도 날아가는 거야!"

"알았어요. 염려 마세요."

비로소 할아버지가 창고의 문을 열었다.

그러자 그 안에 머리에 피를 뒤집어쓴 채 힘없이 축 쳐진 복슬이가 보였다.

"……."

상덕이는 너무 놀라 아무 말도 하지 못했다.

할아버지는 멋쩍은 듯, 뒷머리를 벅벅 긁으며 앓는 소리를 했다.

"아, 내가 일부러 그랬나? 저 큰 개 주인한테는 미안하지만! 나도 우리 나비가 소중하단 말이야!"

할아버지가 기르는 검은 고양이 이름이 나비인 모양이다.

"저놈이 우리 집 마당까지 뛰쳐 들어와서는 우리 나비를 물어 죽이려고 계속 날뛰는데 그럼 내가 어떡해? 나한테는 가족이 아무도 없어! 아들 두 놈 중 장남은 사고로 죽고! 막내는 병들어 죽고! 마누라는 나보다 한참 연상을 만났더니 나이 들어 죽고! 이제 내 가족이라고는 나비밖에 없단 말이야! 그런데 내가 나비까지 개한테 물려 죽게 만들어야겠냐고! 근데 내가 무슨 힘이 있어? 저 큰 개를 어떻게 막냐고! 급하다 보니까 손에 들고 있는 걸로 때렸는데, 그게 호미였지 뭐야!"

할아버지 이야기를 들어보니 그 입장도 충분히 이해가 간다.

그래, 말투는 괴팍하지만 은근히 속은 순수한 이런 할아버지가 개한테 괜히 해코지를 했을 리가 없다.

난 잔뜩 흥분한 할아버지의 손을 꼭 잡아드렸다.

"할아버지. 괜찮아요. 다 이해했어요. 할아버지 말이 맞아요. 저 같아도 그랬을 거예요."

"그, 그래? 그렇지? 내 맘 이해하지?"

"정말 다 이해해요. 맘고생 많으셨겠어요."

"그래! 내가 맘고생이 심했어! 엄청 심했어! 얼떨결에 호미로 찍어버렸는데, 저놈 새끼 죽는 건 아닌지… 그렇다고 어디다 말은 못하겠고, 병원 데려가서 치료할 돈도, 힘도 없고. 내가 진짜 마음고생이 심했어!"

"이제 괜찮아요."

난 복슬이를 자세히 살폈다.

미세하지만 복부가 부풀었다 줄어들었다 하는 것이 아직 숨을 쉬고 있었다.

“다행히 아직 살아 있네요.”

“그런데 저대로 놔두면 금방 죽을 거 같아. 어쩌면 좋나, 어쩌면 좋아.”

“할아버지. 제가 병원으로 데려갈게요.”

“네가?”

“네. 저는 복슬이를 들고 옮길 힘도 있고, 병원비도 있으니까 제가 데려가서 치료할게요.”

“저, 정말 그래도 되겠어?”

“그럼요. 할아버지만 조용히 계시면 제가 얼른 해결할게요.”

“다, 당연히 조용히 해야지! 암! 내가 약속은 확실히 지키는 사람이야!”

할아버지가 말을 하며 자기 가슴을 탕탕! 쳤다.

뭔가 우리 두 사람의 입장이 바뀐 것 같아 조금 웃긴 그림이었다.

“알았어요. 그럼 복슬이 상태부터 좀 볼게요.”

난 창고 안으로 들어가 복슬이의 머리 부분을 살펴봤다.

생각했던 것보다 호미에 찍힌 상처는 깊었다.

상처 밖으로 흘러나온 피가 복슬이의 털과 바닥에 진득하게 눌어붙어 있었다.

'이럴 때를 대비해서 이걸 챙겨 왔지.'

저번 민하늬의 의뢰로 실종된 고양이 루시를 찾으러 갔을 때, 루시는 납치를 한 범인의 학대로 곧 죽을 판이었다.

그래서 인피니트 포션을 먹여 살려냈었다.

때문에 혹시 몰라 이번에도 인피니트 포션을 챙겨 왔다.

난 주머니에서 몰래 인피니트 포션을 꺼내 복슬이의 입을 벌리고 흘려 넣었다.

과연 복슬이가 이걸 마실 수 있을까 걱정되었다.

그런데 이 녀석이 혀에 물이 닫자 살려는 본능이 깨어난 것인지, 열정적으로 인피니트 포션을 핥기 시작했다.

하루 동안 아무것도 먹지 못했으니 배고프고 목도 말랐을 것이다.

복슬이는 인피니트 포션 한 병에 담긴 물을 모조리 삼켰다.

그러자 복슬이의 머리에 난 상처가 빠르게 아물었다.

호미에 찍히며 빠진 털은 다시 나지 않았지만 상흔은 없었다.

"복슬아, 정신 좀 차려봐."

내가 복슬이의 목덜미를 쓰다듬으며 말했다.

그러자 복슬이가 비틀거리며 몸을 일으키려 했다.

한데, 혼자서는 힘든 모양이라 내가 조금 도와주었다.

복슬이는 겨우 발에 힘을 주고 몸을 일으켜 세웠다가 풀썩 주저앉았다.

아직 네발로 설 힘은 없는 모양이었다.

어찌 되었든 누워 있다 앉은 것만도 대단했다.

이를 할아버지가 놀라 소리쳤다.

"아이고, 살았네! 살았어! 저놈아가 살았어!"

"할아버지! 얼른 먹을 것 좀 갖다 주세요!"

"응? 아, 그래그래! 알았다!"

할아버지는 후다닥 달려가더니 이내 큰 세숫대야를 들고 와서 복슬이의 앞에 턱 놓았다.

세숫대야 안에는 두부만 넣고 만든 된장국에 밥이 한가득 말아져 있었다.

복슬이는 그것을 보자마자 걸신들린 듯 먹어치웠다.

"할아버지. 물도 주세요!"

"물? 물 줘야지!"

할아버지는 큰 국그릇에다가 물을 가득 담아 가져왔다.

순식간에 밥을 해치운 복슬이가 옆에 놓인 물도 허겁지겁 마셨다.

그렇게 배를 든든히 채운 뒤 갈증도 해소하고 나니, 이제야 좀 힘이 나는 모양이다.

복슬이는 힘을 내서 네발로 섰다.

"살았구나~! 살았어!"

"네, 복슬이 이제 살았어요. 그런데 할아버지. 복슬이 머리에 상처가 없는데요? 할아버지가 뭔가 착각하신 거 같아요."

"뭐? 상처가 없다니? 피를 그렇게 철철 흘렸는데!"

"제가 지금 보니까 상처가 크게 안 보여요. 호미 끝에 살짝 찔렸는데 피만 많이 난 거 아니에요?"

"살짝 찔린 놈이 기절을 해?"

"너무 놀라면 그럴 수 있죠."

"그런가……?"

할아버지가 고개를 갸웃하며 머리를 벅벅 긁었다.

"아무튼 마당에서 얘 좀 씻겨도 되죠?"

"얼마든지 씻겨라! 얼마든지!"

"복슬아, 따라와."

복슬이는 나를 따라 창고에서 나오다가 할아버지를 보더니 움찔했다.

할아버지도 복슬이를 멋쩍은 시선으로 보며 헛기침을 했다.

둘 사이에 어색한 침묵이 흘렀다.

그러다 할아버지가 먼저 입을 열었다.

"그… 저, 뭐시냐. 미안했다, 이놈아. 아, 그러게 왜 우리 나비를 쫓고 난리야! …아무튼 많이 고생했어. 다 내가 못나서 그런다. 내가 못나서."

복슬이는 그런 할아버지를 또 한동안 바라보다가 슥 다가오더니 할아버지의 신발을 가볍게 핥고서 날 따라 마당으로 나왔다.

"……."

할아버지는 복슬이가 핥은 신발을 보며 목석처럼 서 있었다.

나와 상덕이는 마당에 있는 수도꼭지에 호스를 연결해 복슬이의 털을 깨끗이 씻겨주었다.

"이제 됐다. 집으로 가자, 복슬아."

컹!

이 녀석이 내 말을 알아듣기라도 했는지 신나게 짖었다.

"할아버지. 이제 가볼게요."

"기다려!"

할아버지는 후다닥 집으로 들어가셨다가 한 손에 초코파이 두 개를 들고 나와 내 손에 쥐어주었다.

"그… 복슬이네 집 사람들한테 줘! 내 얘기는 하덜 말고."

초코파이는 아마 할아버지한테 대단히 소중한 간식이었을 것이다.

난 할아버지의 정이 담긴 초코파이를 건네받았다.

"네. 꼭 그럴게요."

띠링!

—의도치 않게 복슬이를 다치게 해서 난감해하던 할아버지를 도와주셨네요~! 아주 잘하셨어요. 이제 할아버지의 마음의 짐이 좀 덜어

질 거예요! 선행을 쌓아 1링크가 주어집니다.

* * *

복슬이와 초코파이를 의뢰인에게 무사히 전달했다.

의뢰인은 복슬이를 끌어안고 펑펑 울었다.

어디서 복슬이를 발견했냐고 의뢰인은 물었다.

난 길 잃은 개인 줄 알고 어느 마음 착한 분이 복슬이를 보살펴주었다며 적당히 둘러댔다.

의뢰인이 당장 그분께 가서 사례라도 하고 싶다고 하는 걸, 그분은 자기가 대단한 일을 한 것도 아니라며 주인분들에겐 말하지 말아달라 당부했다고 전했다.

의뢰인은 연신 고맙다고 내게 고개를 숙였다.

그 모습은 상덕이의 카메라에 고스란히 담겼다.

그렇게 첫 번째 의뢰를 마무리 지었다.

Chapter 11
졸업

월요일.

아직 가정 폭력에 시달린다던 의뢰인에게선 답쪽지가 오질 않았다.

반면 나머지 의뢰인들에겐 전부 답쪽지가 왔다.

아이들을 봐달라고 한 의뢰인은 오늘 오후 세 시부터 밤 열 시까지 일곱 시간 동안 부탁해도 되겠냐고 했다.

난 그날 오전에는 학교에 가야 했기에 만약 먼 지방이었으면 거절할 수밖에 없는 의뢰였다.

하지만 다행히 의뢰인이 사는 곳은 서울이었고 이를 수락했다.

하교하자마자 상덕이와 바쁘게 서울로 향했다.

의뢰인의 집에 도착해서 금실 좋아 보이는 부부와 어린 남매가 우리를 기다리고 있었다.

첫째는 네 살 난 남자아이로 이름이 준우였다.

둘째는 세 살 난 여자아이이고 이름은 지우였다.

의뢰인 부부는 오늘이 결혼기념일인데 양가 부모님도 사정이 생겨 아이들을 봐줄 수 없게 되었기에 의뢰를 부탁한 것이다.

우리는 걱정 말고 데이트 잘 즐기시고 오라며 의뢰인 부부를 떠나보냈다.

아이들은 의뢰인 부부와 떨어지자마자 울고불고 난리를 쳐 댔다.

'이걸 생각 못 했네.'

난 아이들을 다치지 않게 보살필 생각만 했지, 이 녀석들이 감당 못 할 정도로 울어대는 것은 전혀 생각 못 했다.

그런데 그때 상덕이가 가면을 벗더니 아이들 앞에 서서 우스꽝스러운 얼굴로 이상한 춤을 추기 시작했다.

난 저 녀석이 왜 저러나 싶었다.

한데 아이들은 그런 상덕이에게 집중하기 시작했다.

그리고 이내 방긋방긋 웃으며 그 괴상한 춤을 따라 추었다.

'상덕이에게 이런 능력이 있을 줄이야!'

그야말로 놀랄 노 자였다.

상덕이 덕분에 아이들을 봐주는 일이 상당히 수월해졌다.

상덕이는 지우를 등에 업고 준우는 품에 안은 채 한시도 떨어뜨리지 않고 계속 돌봐주었다.

두 남매는 이제 울적해하다가도 상덕이의 목소리만 들리면 까르르 웃어버렸다.

'상덕이의 정신연령이 워낙 낮아서 잘 맞는 건가?'

그런 의심까지 들 정도로 상덕이의 애 보는 솜씨는 나이스했다.

한데, 이대로라면 별문제 없이 의뢰를 마무리할 수 있겠다고 생각하던 찰나였다.

난 아이들이 먹을 저녁을 만들기 위해 주방에 있었다.

그런데.

빡!

"헉!"

바닥에 무언가 심하게 부딪히는 소리와 상덕이의 헛숨 들이켜는 소리가 거의 동시에 들려왔다.

그 순간 난 두 번 생각할 것도 없이 샹체의 능력인 타임 리와인드를 시전했다.

물건을 깨버린 것이라면 차라리 다행이지만 아이가 다친 거라면 문제가 커지기 때문이다.

"타임 리와인드!"

타임 리와인드가 시전되며 상황은 3초 전으로 돌아갔다.

난 가스레인지 앞에서 계란 프라이를 완성한 뒤, 불을 끄고 있었다.

정확히 3초 전이다.

내가 타임 리와인드를 시전한 건, 계란 프라이를 담을 접시를 찾던 시점이었으니까.

여튼 지금 접시 따위 알 바 아니다.

일단 상덕이가 애들을 봐주는 거실로 튀어 나갔다.

그때 내 눈에 보인 건 지우를 등에 업고 준우를 안은 채 바들바들 떨고 있는 상덕이의 모습이었다.

한사코 애들을 품에서 놓지 않더니 온몸에 힘이 빠진 모양이다.

그러게 힘들면 좀 소파에 앉아서 보든가 하지!

난 상덕이에게 달려갔다.

상덕이는 파르르르 거리다가 다급히 주저앉으려 했으나 그보다 먼저 준우를 든 팔이 축 내려오고 말았다.

그 바람에 준우의 몸이 뒤로 넘어가며 머리부터 땅으로 떨어지게 되었다.

'준우가 바닥에 머리를 박는 소리였었어!'

타임 리와인드부터 쓰고 보길 잘했다.

난 그대로 몸을 뒤로 눕혀 슬라이딩을 했다.

덥석.

다행스럽게도 준우는 내 품에 안겨 불상사를 피할 수 있었다.
놀란 준우가 눈을 꿈뻑꿈뻑거리다가 울음을 터뜨렸다.
"흐아아아아앙!"
준우가 울자 상덕이의 등에 업힌 지우도 따라 울었다.
"흐에에에에엥!"
상덕이도 이제 지쳤는지 우는 아이들을 어떻게 해볼 생각도 없이 마냥 헥헥거렸다.
그러다 털썩 주저앉았다.
나는 우는 아이들을 어찌 달래줘야 하나 고민했다.
'저녁도 일단 달래놓아야 먹일 텐데.'
그러다 좋은 생각이 떠올랐다.
"상덕아."
"헤엑. 헤엑. 왜에에에……."
"너 나 마술 배운 거 아냐?"
"마술은 뭔 놈의 마술."
"내가 예전부터 마술에 관심이 많았거든."
"첨 듣는 소리다. 애들 우는데 헛소리 좀 그만해."
"마술 보여주면 애들 좋아하지 않을까?"
그러자 상덕이의 눈이 번쩍 뜨였다.
"그래! 애들은 신기한 거 좋아하잖아!"
"……!"
그 말을 듣는 순간 모든 비밀이 풀렸다.

지우와 준우가 왜 상덕이를 보고 좋아했는지.

맞다.

아이들은 신기한 거 좋아한다.

상덕이는 신기하다.

아이들은 상덕이를 좋아한다.

완벽한 삼단논법이다.

내가 상덕이를 보며 고개를 끄덕이자, 녀석이 기분 나쁜 얼굴로 물었다.

"너 방금 무슨 생각 했어?"

"아무 생각도 안 했다. 아무튼 애들 좀 소파에 앉혀놓자. 네가 애들 가운데 앉아서 잘 챙겨."

"알았어."

상덕이는 내가 시키는 대로 준우와 지우를 양쪽에 끼고 소파에 앉았다.

아이들은 그때까지도 엉엉 울고 있었다.

난 아이들 앞에 서서 씩 웃으며 손가락을 탁 튕기며 나만 들리도록 작게 시전어를 읊조렸다.

"파이어."

파이어는 화 속성 중급 마법이다.

시전어와 함께 내 손 위에 작은 불길이 화르륵 하고 일었다.

그걸 본 지우와 준우가 울음을 뚝 그쳤다.

아이들은 신기하다는 시선을 던지고 있었다.

그런데 아이들보다 더 신기하게 날 바라보는 건 상덕이었다.

"우, 우와아아아아아! 야! 지웅아! 그거 어떻게 한 거야? 어? 나도 가르쳐 줘!"

"마술은 해법을 알려고 드는 게 아니야! 그냥 보는 거지."

"아, 치사한 새끼."

그러자 준우가 바로 상덕이의 말을 따라 했다.

"치사한 새끼! 헤헤헤."

지우도 따라 했다.

"치아안 애끼! 이힛!"

상덕이가 입을 탁 틀어막고 놀라서 아이들을 번갈아 봤다.

"하여튼 애들 앞에서 못 하는 말이 없어!"

내가 상덕이를 구박했다.

상덕이는 얼른 자신의 잘못을 수습했다.

"지우야, 준우야. 방금 내가 한 말은 아주 나쁜 말이야. 그런 말 하면 앞으로 엄마랑 아빠가 두 번 다시 간식 안 주실지도 몰라. 그러니까 절대로 그런 말 하면 안 돼? 알았지?"

간식을 안 준다는 말에 아이들의 얼굴이 결연해졌다.

아이들은 동시에 자기 입을 막고서 고개를 끄덕였다.

자, 그럼 다시 마술쇼를 이어나가 볼까?

* * *

무사히 마술쇼를 끝내고 아이들의 기분을 전환시켜 준 뒤, 저녁밥을 먹였다.

밥을 먹고 나서 상덕이와 내가 붙어 한 시간 정도 놀아주니까 둘 다 어느새 스르르 잠이 들었다.

그리고 밤 아홉 시쯤 돼서 의뢰인 부부가 돌아왔다.

막상 나갔더니 애들이 눈에 밟혀서 한 시간 일찍 돌아온 것이다.

우리는 의뢰인 부부에게 하루 일과 보고를 하고서 집을 나왔다.

이걸로 의뢰 한 건을 또 해결했다.

* * *

순식간에 이틀이 또 지나갔다.

화요일과 수요일에도 난 의뢰를 하나씩 해결했다.

화요일엔 학교에서 괴롭힘 당하는 아이를 도와줬다.

같은 반에서 좀 논다는 학생 세 명이 집중적으로 의뢰인의 아이를 괴롭히고 있었다.

내가 학교에 잠입하고 밖에서 미행하며 지켜본 결과 의뢰인의 아이가 괴롭힘을 당할 만한 이유는 딱히 없었다.

그저 조금 소심해 보이는 인상이 날라리들의 표적이 된 모양이다.

그런 놈들에겐 본때를 보여주어야 했다.

놈들은 하교 후, 의뢰인의 아이를 으슥한 골목으로 데려가 이유 없이 구타하려 했다.

그때 내가 나타났다.

상덕이는 없었다.

조금 험악한 광경이 카메라에 담길지도 모르기에 동행하지 않은 것이다.

난 날라리들을 때리는 대신 주먹으로 벽을 허물어뜨리고 돌멩이를 손으로 쥐어 으스러뜨렸다.

한 번만 더 내 동생을 건드리면 다음엔 너희들이 이 꼴 될 줄 알라고 톡톡히 경고했다.

거기서 끝나지 않았다.

놈들을 뒤에서 봐주는 이른바 일진들, 그리고 그들의 선배들 연락처까지 모두 알아내 한곳에 모이도록 했다.

왜?

이런 녀석들 특징이 시간 지나면 오늘 일 까먹고 또다시 나쁜 짓을 일삼을 수 있으며, 나한테 말하지 말라고 협박을 하고서 더 심하게 괴롭힐 수도 있기 때문이다.

할 때 확실히 해야 한다.

물론 내가 모이라 한다고 순순히 모일 놈들은 아니었다.

그래서 전체 문자를 이렇게 돌리라고 했다.

'웬 미친놈이 나타나서 학교 일진 다 깨버리겠다고 합니다!'

문자를 받은 녀석들은 당장 연락이 왔고 내가 미리 자리 잡아놓은 적당한 폐건물에 일제히 모여들었다.

난 모인 놈들 중 우두머리에게 다가갔다.

그리고 놈의 눈을 바라보며 살기를 쏘아 보냈다.

우두머리는 그것만으로 다리에 힘이 풀려 풀썩 주저앉아 오줌을 지렸다.

그 광경에 다른 녀석들이 모두 놀라 겁을 집어먹었다.

'죽이려고 마음만 먹으면 얼마든지 죽일 수 있다.'

죽음에 대한 공포를 난 우두머리에게 심어주었다.

물론 살기는 우두머리만 느낀 건 아니었다.

우두머리에게 집중해서 살기를 뿌리긴 했지만 그 안에 있던 모든 녀석들이 다 살기를 느꼈을 것이다.

의뢰인의 아이는 그 자리에 없었다.

폐건물에 오기 전 이미 집으로 내가 돌려보냈다.

나는 두 번 다시 내 동생을 건들지 말라 다시 한 번 통보한 뒤, 폐건물에 있던 쇠파이프를 집어 들었다.

그러자 일진들은 모두 도망가려고 폼을 잡았다.

내가 그것으로 지들을 때리기라도 할 줄 안 모양이다.

착각이다.

난 쇠파이프의 양 끝을 잡고 힘껏 당겼다.

그러자 쇠파이프가 종잇장처럼 찢어져 두 동강이 났다.

그중 한 토막을 들어 손으로 밀가루 반죽처럼 구긴 뒤 바닥에 힘껏 던졌다.

콰아앙! 하는 소리와 함께 운석이 떨어진 것 마냥 바닥이 파여 나갔다.

일진들은 모두 얼어붙어 바들바들 떨었다.

그것으로 끝이었다.

난 여전히 자빠져서 일어나지 못하는 우두머리의 어깨를 툭툭 치고 폐건물을 나왔다.

이제 두 번 다시 의뢰인의 아이를 건들지 못할 것이다.

그렇게 화요일이 마무리되었다.

*　　*　　*

수요일엔 바람피우고 헤어진 전 남자 친구 앞에서 새로운 애인인 척해달라는 여자 의뢰인에게 찾아갔다.

의뢰인의 이름은 이연희였다.

얼굴도 썩 괜찮고 몸매도 나쁘지 않았다.

이런 여자를 두고 바람을 피우다니.

하여튼 고추 달린 것들은 어쩔 수가 없다.

그때도 난 상덕이를 달지 않고 혼자 왔다.

이미 카시아스를 만나 마법으로 얼굴을 요즘 핫한 남자 아이돌 가수와 비슷하게 바꾼 상황인지라 상덕이를 데리고 올 수 없었다.

이연희는 이미 전 남자 친구가 바람난 여자와 자주 가는 술집이 어디인지를 알고 있었다.

그리고 전 남자 친구의 SNS에서 바람난 여자와 오늘 그 술집에 또 가기로 한 것도 파악해 놓은 이후였다.

이연희와 난 그 술집으로 향했다.

이연희는 술집에 들어가기 전 내게 팔짱을 끼고 몸을 딱 붙였다.

문을 열고 술집에 들어선 이연희가 테이블을 슥 둘러봤다.

그러다 전 남자 친구를 발견한 모양이었다.

이연희는 비어 있는 테이블로 가서 앉았다.

그런데 나와 마주 보고 앉지 않고 바로 옆에 딱 붙어 앉았다.

우리 옆 자리에는 마주 보고 앉아 미소를 가득 짓고 있는 남녀가 있었다.

그들 중 남자가 무심코 옆을 바라봤다가 이연희와 눈이 마주쳤다.

그러자 몹시 당황하며 어쩔 줄을 몰라 했다.

하지만 이연희는 아무렇지 않게 인사를 건넸다.

"야, 이성재. 오래간만이다?"

이성재.

저 녀석이 바람난 전 남친인 모양이다.

이성재는 어색하게 눈인사를 하고서는 이연희에게 물었다.

"어, 그래… 근데 옆엔 누구야?"

이연희가 내게 푹 안기며 말했다.

"내 남친. 인사해. 정지훈이라고 해."

내 이름이 정지훈이란다.

이미 내 가명까지 다 생각해 놓은 모양이었다.

나는 이연희의 장단에 맞춰주었다.

"정지훈입니다."

"아… 이성재예요."

인사를 하는 이성재의 표정이 상당히 복잡해 보였다.

이성재의 여자 친구는 분위기 파악 못 하고서 끼어들었다.

"성재 씨 아는 사람이야? 안녕하세요~ 저 성재 씨 여자 친구 유미란이에요."

유미란이라는 여자는 자신이 이성재가 바람피우며 만난 대상인 걸 모르는 모양이었다.

"네, 안녕하세요. 두 분 잘 어울리시네요."

이연희가 가식적으로 대답했다.

그러자 유미란은 손사래 치며 화답했다.

"어머, 뭘요. 두 분이 더 잘 어울리시는데요. 그런데 남자 친구분 너무 잘생기셨다. 완전 아이돌 같아요."

"그쵸? 제가 남자 보는 눈이 좀 높거든요."

그러고서 이연희는 내 뺨에 입을 쪽 맞췄다.

순간 이성재의 미간이 살짝 구겨졌다.

유미란은 그런 줄도 모르고서 박수를 쳐 댔다.

"꺅~ 너무 타오르신다, 두 분. 그럼 좋은 시간 보내세요."

"네~ 그쪽두요."

이후로 난 이연희와 연인인 척 연기를 하며 술자리를 즐겼다.

시간이 흐를수록 이성재의 표정은 점점 더 안 좋아졌다.

말수도 확 줄었고 계속해서 이연희를 신경 쓰기 시작했다.

그러다 결국 유미란이 성을 냈다.

"성재 씨! 지금 나 앞에 두고 뭐하는 거예요? 나랑 있는 거 지루해요?"

"응? 아, 아니. 그런 거 아닌데."

"됐어요. 저 갈게요. 내일 연락해요."

유미란은 벌떡 일어나 바람처럼 술집을 나갔다.

그러자 이성재가 우리 쪽으로 다가와 이연희에게 말했다.

"저기… 잠깐 얘기 좀 하자."

"무슨 얘기? 여기서 해. 아니지, 나랑 얘기하기 전에 네 애인부터 잡으러 나가야 하는 거 아니야?"

"됐고, 얘기 좀 해."

"싫어."

이성재는 이를 빠득 갈더니 이연희의 팔목을 확 잡아당겼다.

"아! 아파! 왜 이래!"

"잠깐만 얘기 좀 하자고!"

하, 저 새끼 안 되겠네.

지가 바람피워서 자기 여자 버릴 땐 언제고, 이제 딴 남자 품에 안겨 있으니까 질투 난다 그거야?

더러운 새끼.

"이거 안 놔?"

"나오라고!"

난 벌떡 일어나 이성재의 멱을 틀어쥐어 내 쪽으로 확 당겼다.

이성재가 반사적으로 반항하려 했지만 감히 내 힘을 어쩌진 못했다.

"뭐, 뭐야!"

"뭐긴 뭐야, 연희 남자 친구지, 씨팔새끼야."

"지금 욕했냐?"

"그럼 넌 지금 내 여자 건드렸냐? 한번 이 자리에서 뒤져볼래?"

난 이성재의 눈을 매섭게 노려봤다.

이성재는 그런 내 시선을 마주 보려 하다가 고개를 옆으로 틀었다.

기 싸움에서 대번에 밀린 것이다.

"한 번만 말한다. 연희 놔라. 안 그러면 당분간 밥 못 씹게 만들어준다."

이성재가 바들바들 떨다가 이연희의 팔목을 놓았다.

난 이성재의 멱을 휙 밀치며 놓았다.

쿠당탕!

이성재가 비틀거리다가 볼썽사납게 엉덩방아를 찧었다.

녀석은 완벽한 패배자의 얼굴로 힘없이 일어서 술집을 나갔다.

이연희는 그런 이성재의 뒷모습을 계속 지켜보고 있었다.

난 그런 이연희에게 말했다.

"따라가고 싶으면 따라가요."

아직 이연희는 이성재에게 미련이 있을 것이다.

그래서 이런 의뢰도 한 것일 테지.

미련이 없으면 복수 같은 것도 할 마음이 들지 않는다.

한데 내 얘기에 들려온 이연희의 대답은 의외였다.

"아니요. 조금도 따라가고 싶지 않아요, 저딴 인간. 그냥 통쾌해서 지켜봤어요."

띠링!

—바람피운 전 남친에게 복수하고 싶어 했던 연희 씨의 소원을 들어주었네요~! 연희 씨는 지금 진심으로 통쾌해하는 중이랍니다~! 선행을 쌓아 1링크가 주어집니다.

그녀의 말은 진심이었다.

"그럼… 다행이구요."

이제 슬슬 돌아가야겠네.

"아무튼 의뢰는 이걸로 끝난 거죠? 그럼 이만 가볼게요."

테이블을 나서려 하는 내 팔을 이연희가 덥석 잡았다.

"그냥 가시게요?"

"네?"

"조금만 더 있다 가면 안 돼요?"

…뭔가 일이 이상하게 꼬이는 것 같은데.

"전 의뢰를 끝마치면 의뢰인과 사적인 시간을 따로 보내지 않아요."

"그럼 지금부터 나 의뢰인 안 할게요. 그냥… 오들리 씨한테 제법 호감 있는 여자 할게요. 그럼 어때요?"

하아, 이거 참 난감하네.

이연희는 기대감 가득한 시선을 내게 던졌다.

그 시선이 내게는 그대로 부담이었다.

"연희 씨. 죄송한데 저 만나는 여자 있어요."

"네? 애인이 있었어요?"

"네."

"아… 그랬구나."

이연희가 실망스런 기색을 감추지 않았다.

잠시 말이 없던 그녀는 한숨을 푹 쉬며 체념하듯 투덜거렸다.

"그럼 그렇지. 이렇게 괜찮은 남자한테 여자가 없을 리 없지. 그쵸?"

"괜찮게 봐주셔서 감사해요."

"알았어요. 더 치근거리지 않을게요. 아무튼 오늘 정말 고마웠어요. 다음에 또… 볼 일은 없는 거죠?"

"아마도요."

이연희가 고개를 끄덕였다.

"그래요. 잘 가요. 저는 혼자서 술 좀 더 즐기다 가야겠네요."

아마 이연희도 심정이 복잡할 것이다.

이성재에게 통쾌하게 복수는 했다.

그런데 그러는 와중에 내게 마음이 생겼다.

하지만 난 애인이 있다는 말로 이연희의 마음을 단칼에 거절했다.

짧은 순간 여러 가지 상황을 겪었으니 술이 좀 필요하긴 하겠지.

"적당히 마시다 들어가세요."

"걱정하지 말고 얼른 가요."

이연희가 손을 휘휘 저었다.

나는 더 이상 그녀의 인생에 간섭하지 않기로 했다.

가볍게 고개 숙여 인사를 하고 술집에서 나왔다.

서울의 밤거리는 제법 쌀쌀했다.

불야성을 이루는 거리엔 사람들로 가득했다.

한 사람에겐 하나의 역사가 존재한다고 들은 적이 있다.

이토록 많은 사람들에게도 하나같이 그들의 역사가 쓰이고 있겠지.

나는 그 사람들의 역사에 스쳐 지나가는 도우미 정도의 역할만 하면 된다.

이미 영혼의 퀘스트로 숱한 사람의 역사를 고스란히 뒤집어썼다.

더 이상은 타인의 역사 속에 깊이 관여하기가 싫다.

그럴 여력도 없다.

얼른… 집으로 돌아가고 싶었다.

* * *

오늘은 목요일.

그리고 또 다른 의미를 붙이자면 대망의 졸업식 날이다.

드디어 청소년의 딱지를 떼고 사회인이 되는 경계선에 서

게 된 것이다.

기분은 좀 싱숭생숭했지만 졸업식이라고 해서 뭐 특별할 건 없었다.

어렸을 적 인터넷에서 봤던 것처럼 졸업식 날 후배들이 선배에게 밀가루를 뿌린다거나 교복을 가위로 자른다거나 하는 과격한 이벤트도 없었다.

틀에 박힌 졸업식 과정이 지루하게 흘러갔을 뿐이다.

졸업식을 마치고 상덕이, 아랑이와 셋이서 학교 근처 분식집으로 향했다.

그냥 이대로 집에 들어가기가 아쉬워서 뭐라도 먹고 가기로 한 것이다.

아랑이는 분식집에 들어가자마자 먹고 싶은 메뉴를 속사포처럼 주문했다.

십여 분 후, 우리 테이블 앞엔 떡볶이 5인분과 어묵 4인분, 순대 3인분, 김밥이 종류별로 다섯 줄, 튀김 3인분, 쫄면, 돈가스가 놓였다.

테이블이 모자라서 옆 테이블 하나를 더 붙였다.

그 많은 메뉴에 상덕이의 입이 쩍 벌어졌다.

"이, 이걸 다 먹어?"

"너 아랑이 몰라서 그런 소리 하냐?"

"잘 먹겠습니다~!"

아랑이는 해맑은 얼굴로 젓가락을 놀리기 시작했다.

상덕이와 나도 음식들을 먹었다.

서로 오가는 말 없이 한참 음식을 먹던 와중 아랑이가 상덕이에게 물었다.

“상덕아. 너는 졸업하면 뭐할 거야?”

“응? 나는… 그냥 지금 하는 일 하려고.”

“너 일해?”

“응.”

“무슨 일 하는데?”

“그게~”

상덕이 이 자식이 아무 생각 없이 우리 일 얘기를 꺼내려 하는 것 같았다.

그래서 난 일순간 상덕이를 죽일 듯 노려봤다.

그 시선을 받은 상덕이가 일순 굳어버렸다가 열심히 머리를 굴리더니 이런 대답을 내놓았다.

“어, 엄마 도와서 알바 해!”

“어머니가 무슨 일 하시는… 아 맞다! 상덕이네 어머니, 지웅이네 가게서 주방 보시지?”

“응.”

“나 바본가 봐. 그걸 깜빡하고. 어머님이 닭발 하나는 정말 기가 막히게 만드시잖아.”

“무슨~ 지웅이가 레시피를 다 만들어서 그렇지.”

“아무리 레시피가 좋아도 손맛 없으면 음식 맛있게 안 나와. 어머니 진짜 대단하신 거야."

아랑이의 칭찬에 기분이 좋아진 상덕이가 헤벌쭉 웃었다.

"그, 그런가? 하하."

"그럼~ 근데 거기서 상덕이도 알바 하고 있었어?"

"어? 어, 어… 그, 가, 가끔씩 가서 주방일 도와주고 그래."

"그랬구나. 그럼 상덕이는 주방 보조로 일하다가 어머니 은퇴하시면 주방장 되는 거겠네?"

"그, 그런 셈이지."

"멋있다, 상덕이. 나 가면 닭발 많이 줘야 돼?"

"얼마든지! 하하하하!"

…애쓴다, 애써.

아무튼 상덕이의 거짓말 덕분에 분위기가 좀 화기애애해졌다.

이후로 우리는 이런저런 이야기들을 나누면서 분식을 먹으며 시간을 보냈다.

* * *

분식집에서 나와 상덕이는 먼저 집으로 가버렸다.

나와 아랑이는 둘이서 거리를 조금 거닐기로 했다.

"지웅아."

"응?"

"사실은 너한테 물어보고 싶었거든."

"뭘?"

"졸업하고 나면 뭐할 건지."

"아, 그거."

"생각해 둔 거 있어?"

"나야 뭘 하든 먹고는 살지 않을까? 정 할 게 없으면 음식점을 차려도 될 테고."

"그렇겠다. 지웅이는 요리 솜씨가 끝내주니까. 근데… 그 전에 먼저 꼭 해야 하는 게 있잖아."

"꼭 해야 하는 거?"

"응."

아랑이가 날 빤히 바라보았다.

난 그녀가 무얼 얘기하는 건지 뒤늦게 알아챘다.

"혹시 군대 말하는 거야?"

아랑이는 씁쓸한 미소를 머금고서 고개를 끄덕였다.

그게 걱정됐었구나.

하긴, 우리나라에서 미필들이 연애를 하게 되면 가장 걸림돌이 되는 게 바로 그 군대지.

하지만 나는 별로 해당되지 않는 얘기다.

"그래 가야지. 근데 난 군대 안 가."

내 대답을 들은 아랑이의 눈이 휘둥그레졌다.

"안 간다고? 군대를?"

"응."

"농담하지 마. 그런 게 어디 있어?"

그리 말해놓고서 아랑이는 아차! 싶은 얼굴로 조심스레 입을 열었다.

"혹시… 몸이 어디가 안 좋은 거야?"

"아니. 보다시피 아주 건강해. 몸 안 좋아서 면제받는 일은 없을걸."

"그럼 왜 안 가는데?"

"우리 아버지가 실은 국가유공자야."

"국가… 유공자?"

이 나이대의 여자들은 국가유공자가 뭔지 잘 모르겠지.

"응. 북파공작원이라고 알아?"

"알지."

"우리 아버지 북파공작원이었거든."

아랑이가 화들짝 놀라 두 손으로 입을 가렸다.

"에? 거짓말!"

"진짜야."

"나 너무 놀랬어."

"왜?"

"그런 분들이 있다는 건 알았는데… 설마 내 남친의 아버지일 거라고는 생각도 못 했으니까. 뭐랄까… 소설 속에서나 등장하는 인물을 직접 대면하게 될지도 모른다는 그런 기분?"

자신이 느끼고 있는 감정을 열심히 설명하려 애쓰는 아랑이의 모습이 귀여웠다.

그래서 나도 모르게 아랑이의 머리를 쓰다듬었다.

그러자 아랑이의 뺨이 살짝 붉어졌다.

"하하. 지금은 그냥 나이 드신 아버지야. 아무튼 그래서 우리 아버지 국가유공자거든. 국가유공자의 자식 중 한 명은 군대 가는 대신 육 개월 공익 생활 하는 걸로 대체돼. 그러니까 훈련소 한 달간 갔다 오면 그 다음부터는 우리 동네 시청이나 뭐 그런 데서 잡일 하게 되는 거지."

"그렇구나… 다행이다!"

아랑이가 어린아이처럼 좋아하며 내게 팔짱을 꼈다.

그 바람에 나는 좀 경직되고 말았다.

여태껏 이런 식으로 스킨십을 해온 적이 없었기 때문이다.

"얼마나 걱정했다고."

"왜? 나 군대 가면 기다릴 자신 없어서?"

"아니~ 보고 싶은데 못 보면 그것도 슬프잖아."

왜 그럴까.

오늘의 아랑이는 평소와 많이 달랐다.

이제 청소년의 울타리에서 벗어났다는 해방감 때문일까?

전보다 표현도 많이 하고 말도 많이 했다.

비로소 아랑이가 정말 내 여자 친구 같다는 생각이 들었다.

"근데 아랑아."

"응?"

"보통 남자 친구 군대 가면 외로워서 힘들어하는 여자들이 바람난다던데?"

"난 안 그래요."

"어떻게 장담해?"

"못 믿는 거지, 지금?"

아랑이가 볼을 살짝 부풀리고 미간을 좁혔다.

그런데 그 모습마저 귀여웠다.

"하하, 아니야. 믿어. 내가 아랑이를 안 믿으면 누굴 믿겠어."

"에, 거짓말."

"참말."

"푸훗! 뭐야 참말이. 할아버지 같아. 우리 할아버지도 가끔 그런 말 많이 쓰는데."

"아, 그러고 보니 무천도사님은 잘 계셔?"

"응. 너무 잘 계셔. 항상 너 보고 싶다고 난리야."

"그래? 언제 한번 찾아가야겠네."

"오면 할아버지가 정말 좋아하실 거야."

우리는 그렇게 걷다가 조각 공원까지 오게 되었다.

공원 안으로 들어와서 또 조금 더 걷다 벤치에 나란히 앉았다.

아랑이는 그때까지도 내게서 떨어지지 않고 딱 붙어 있었다.

"근데 아랑이는 어떻게 할 거야?"

"뭘?"

"졸업하면 뭐할 거냐고."

아랑이가 눈을 동그랗게 뜨고 날 빤히 바라보다가 당연하다는 듯 말했다.

"대학 가야지. 나 수시 합격했잖아."

"아, 그랬었지."

아랑이는 한국에서 가장 진학하기 힘들다는 한국대에 수시 합격했다.

하여튼 예쁘고 착하고 집안 좋고 가족 화목하고 머리도 좋고 인간관계 모나지 않고, 뭐 빠지는 게 없는 여자다.

'예전의 나라면 아랑이와 이런 관계가 되는 건 꿈도 못 꿨겠지.'

이런 생각이 들 때마다 카시아스에게 한없이 고마워지곤 한다.

그런 고마움도 얼굴만 마주치면 특유의 속 뒤집어지는 말투 때문에 싹 다 날아가 버리는 게 문제긴 하지만.

"대학교 생활은 어떤 걸까?"

내가 물었다.

"나도 아직 안 해봤으니까 모르지."

"동아리 활동 하면서 정분 많이 난다던데."

"내가 그럴 거 같다는 거지?"

"모르지, 사람 일."

"이렇게 멋진 남자 친구를 곁에 두고 어떻게 눈을 돌리겠어?"

"대학 가면 나보다 멋진 남자 많을걸."

"내 눈엔 지웅이가 제일 멋져."

당장 내가 곁에 있어서 하는 말이라고 해도 기분은 좋았다.

우리는 그렇게 한참 동안 벤치에 앉아 얘기를 나누었다.

*　　*　　*

아랑이를 택시 태워 보내고 집으로 돌아왔다.

정말 졸업을 했다.

오늘부터 난 사회인이다.

하지만 실감이 나질 않는다.

합법적으로 성인들이 즐기는 걸 할 수 있는 상황이 된 것인데 정말 그래도 되는 건가 싶을 뿐이다.

"모르겠다. 그냥 지금까지 내가 살아왔던 것처럼 살아가면 되는 거겠지."

그래, 인생에 답이 어딨겠는가.

우리는 그저 평생 살아가며 배우는 존재들이다.

평생.

Chapter 12
새로운 능력들

졸업을 하고 일주일이 지났다.

그때까지도 가정 폭력 건에 대해 의뢰한 의뢰인에게선 답쪽지가 오질 않았다.

그래서 난 일주일 동안 낮엔 다른 의뢰들을 해결하러 다니고, 밤엔 아버지의 가게에 나가 장사를 도왔다.

아버지는 나와 전에 상의했던 양고기 집을 내기로 하고 닭발 옆차기 본점이 있는 건물의 2층 매장을 인수했다.

그 이후부터 아버지는 나와 마주칠 때마다 날 들볶느라 정신이 없다.

"빨리 그럴듯한 양고기 레시피를 만들어 와!"

아버지가 원하는 건 그거였다.

닭발 염차기만큼 대박이 날 수 있는 우리 가게만의 스페셜한 무기!

물론 아버지는 음식에 대해 아는 게 별로 없기 때문에 그 숙제는 고스란히 내가 떠맡아야 했다.

하지만 난 자신이 있었다.

눈이 하트가 될 정도로 맛있는 양고기 요리를 먹어본 기억이 있기 때문이다.

아이러니한 건 그건 내 기억이 아니라는 것이다.

바로 제서스 로드리만의 기억이었다.

그는 신검이라 불리는 소드 마스터이자 대단한 미식가였다.

그래서 유명하다 소문난 식당은 어디든 찾아가곤 했었다.

그가 먹어본 여러 음식들 중 기가 막힌 양고기 요리를 내놓은 식당이 있었다.

난 제서스가 먹었던 양고기의 맛을 떠올린 뒤, 리조네의 능력으로 양고기 조리법을 분석했다.

거의 모든 분석이 다 끝나긴 했지만, 그걸 그대로 사용할 순 없었다.

그 시절의 음식들은 무엇이든 향신료가 너무 많이 들어간다.

그리고 한국 사람이 살짝 꺼릴 만한 재료가 들어가기도

했다.

그래서 그걸 걷어내고 다른 재료를 첨가해 한국인의 입맛에 딱 맞는 레시피를 새로 만들어야 하는 게 내가 할 일이다.

'그거야 조금만 시간을 가지고 연구해 보면 답은 금방 나올 거야.'

그렇게 어려운 일은 아니다.

아무튼 제서스가 먹었던 양고기는 양 꼬치가 아니었다.

커다란 양고기 덩어리에 특제 소스를 발라 소고기처럼 미디움으로 구워 각종 구운 야채와 함께 내놓는 식이었다.

러시아 사람들이 양고기를 그런 식으로 먹는다고 들은 적이 있는 것 같은데.

어찌 되었든 난 그 양고기를 메인 메뉴로 밀어붙일 생각이다.

'열흘 안에 결판을 내야겠어.'

열흘이 지나면 아버지가 양 대신 나를 불판에다 구워버릴지도 모른다.

매장은 사놨는데 시간이 흘러가면 헛돈이 나간다고 생각하시기 때문이다.

'그건 그렇게 처리하기로 하고… 그동안 링크가 얼마나 모였는지 볼까?'

여태껏 일부러 확인을 하지 않았다.

일전에 한번 모으다 실패하긴 했지만, 내가 목표로 삼은 링크의 액수는 10만 링크였다.

일전에 한번 그랬던 것처럼 링크를 많이 모으면 또 아이템을 업그레이드하는 이벤트가 발생할지 모르기 때문이었다.

갈수록 링크가 빠르게 쌓여간다고 하지만 10만 링크는 만만찮은 액수다.

괜히 마인드 탭을 자주 열어보면 조바심이 날 것 같아서 여태껏 열어보지 않고 지낸 것이다.

"마인드 탭."

오래간만에 마인드 탭을 열었다.

이름 : 유지웅

소속 : 지구, 대한민국

성별 : 남

나이 : 20

영력 : 25/25

영매 : 26

아티팩트 소켓 4/4

보유 링크 : 144,253

"대박."

보유 링크 액수에 시선이 꽂히는 순간 나도 모르게 그런 말이 나왔다.

내가 모은 링크는 무려 14만 링크가 넘어가고 있었다.

마인드 탭을 연 상태에서도 링크의 액수는 빠르게 올라가는 중이었다.

역시 유튜브의 힘은 짱이다.

"십만 링크나 모았는데 별다른 이벤트는 벌어지지 않네?"

업그레이드시킬 수 있는 건 레이븐 링뿐이었나?

아무튼 목표치는 채웠으니 이제 더 모을 필요가 없어졌다.

그나저나 눈치채지 못했었는데 나이도 19에서 20로 바뀌었네?

"지금 그게 중요한 게 아니지."

일단 영력부터 업그레이드하자.

난 영력을 터치했다.

팅—

영력 : 25

영력을 26으로 업그레이드하시겠습니까?

업그레이드 비용은 3,300링크입니다.

[Yes/No]

'Yes' 를 터치!

팅—

영력 : 26

영력을 27로 업그레이드하시겠습니까?

업그레이드 비용은 4,000링크입니다.

[Yes/No]

이번에도 당연히 'Yes'를 터치했다.

이후로 영력이 35가 될 때까지 계속 업그레이드를 진행했다.

영력 : 35

영력을 36으로 업그레이드하시겠습니까?

업그레이드 비용은 16,000링크입니다.

[Yes/No]

이제 영력의 업그레이드 비용이 16,000까지 올라갔다.

영력을 35까지 올리는 데 든 총 비용은 81,000링크.

이제 남은 건 6만 링크 정도였다.

난 마인드 탭을 닫고 영혼의 상점에 접속했다.

"소울 커넥션."

*　　*　　*

"지웅 님~! 아니 왜 이렇게 오래간만에 오셨나요? 제가 지웅 님을 얼마나 보고 싶어 했다구요. 잠들 때마다 지웅 님 얼굴이 꿈속에 나오는 바람에 상사병을 앓고 있는 줄 알 정도였다니까요! 늘 정직한 물건을 파는 저 라헬! 오늘도 지웅 님께 양질의 상품만을 제공할 것을 약속드리겠습니다!"

라헬이 두 손을 싹싹 비비며 아부를 떨어댔다.

하여튼 이 자식은 뼛속까지 수전노에 속물이다.

"영력을 35까지 올리셨군요? 링크는 무려 6만 링크를 들고 오셨구요! 지웅 님. 이런 말 어떨지 모르겠지만 전부터 느꼈던 건데 참 남자답게 잘생기셨습니다. 헤헤헤헤."

이 자식이 왜 이래?

웃음소리까지 이상해졌네?

상대가 링크가 많으면 많을수록 이놈은 간신배처럼 바닥에 납작 엎드리는 모양이다.

정말 링크 있을 때랑 없을 때의 차이가 아주 명확하다.

얼굴에 얼마나 두꺼운 철판을 깔아야 저런 게 가능해지는 걸까?

'에이, 깊이 생각하지 말자. 어차피 레이브란데가 만들어낸 환영일 텐데.'

"그만하고 내가 살 수 있는 영혼들이나 보여줘."
"당연히 그래야지요, 네네."
라헬이 굽실거리다가 손가락을 딱 튕겼다.
그러자 내 앞에 열한 개의 영혼의 주르륵 나타났다.
'엄청 많네.'
라헬은 열한 개의 영혼을 네 개, 세 개, 두 개, 두 개로 나눴다.
그러고선 네 개로 묶은 영혼을 가리키며 말했다.
"여기는 단돈 7,000링크로 살 수 있는 영혼들이랍니다~ 필요 영력은 27이지요."
다음에는 세 개로 묶은 영혼을 가리켰다.
"이 세 개의 영혼은 9,000링크로 살 수 있답니다~ 필요 영력은 29되겠습니다."
이어 두 개씩 나뉜 영혼들을 양손으로 가리켰다.
"오른쪽에 있는 영혼 두 개는 11,000링크, 왼쪽에 있는 영혼 두 개는 13,000링크로 살 수 있지요. 필요 링크는 오른쪽이 32, 왼쪽이 35되겠습니다."
여기 있는 모든 영혼을 다 사려면 총 103,000링크가 필요하다.
지금 내 수중에 있는 건 6만 링크.
능력을 보고서 일단 필요한 영혼들부터 사야겠다.
어차피 링크는 지금도 미친 듯이 쌓이고 있으니 다른 영혼들은 링크가 모일 때마다 접속해서 사면 된다.

"어떤 영혼의 능력부터 설명해 드릴까요?"

"낮은 것부터 차례대로."

"알겠습니다요."

'알겠습니다요' 는 또 뭐야?

흡사 간신배를 보고 있는 것 같은 기분이 든다.

라헬이 네 개로 묶인 영혼들을 가리켰다.

"오른쪽 영혼부터 시작해서 왼쪽으로 차례차례 설명해 드리겠습니다~ 이 영혼의 이름은 시다스. 능력은 염력."

"염력? 물체를 생각으로만 움직이는 그거?"

"바로 그거랍니다. 시다스의 염력은 특히 강력했지요. 현대로 따지자면 1톤 트럭 한 대도 가뿐하게 들어 올릴 수 있을 정도였으니까요. 데브게니안에서 시다스는 그 염력의 능력으로 제법 잘 먹고 잘살았답니다. 하지만 시다스의 인성은 그다지 좋은 편이 아니었지요. 살아생전 그는 염력으로 못된 짓을 많이 일삼았답니다. 하나, 그런 스스로의 인생이 죽음을 목전에 둔 순간 주마등처럼 흘러가면서 후회의 눈물을 흘렸다지요. 시다스는 그게 후회되어 레이브란데 님과 계약을 맺은 영혼이랍니다."

자신의 악행을 반성해서 후회하는 영혼이라.

딱하군.

살아생전엔 느끼지 못했던 것을 죽음 앞에서 느끼게 되다니.

어찌 되었든 염력은 확실히 매력적인 능력이다.

라헬이 다른 영혼의 설명을 이어나갔다.

"이 영혼의 이름은 캐러반. 능력은 최면술이랍니다."

"최면술? 그것도 특이한 능력이네."

"캐러반의 최면술은 절대최면이지요. 사람들은 성향에 따라 최면에 잘 걸리는 사람도, 그렇지 않은 사람도 있는 법일진대 캐러반의 최면엔 빠져들지 않는 사람이 없었답니다."

"캐러반도 그 능력으로 잘 먹고살았어?"

"물욕이 별로 없는 사람이었던지라 그냥저냥 살았더랬죠. 하지만 늘 그렇듯 사람을 망치는 건 사랑인지라, 캐러반도 한눈에 반한 여인 때문에 인생이 무너지게 되었죠."

"왜?"

"지독한 짝사랑이었거든요. 캐러반이 사랑했던 여인은 약혼자가 있었고 캐러반에게는 눈길조차 주지 않았죠. 그도 그럴 것이 캐러반은 좀 많이 못생긴 편이었으니까요. 하지만 캐러반은 그녀를 가지고 싶었고, 결국 해서는 안 되는 짓을 벌이고 말았답니다."

대충 어떤 스토리가 나올지 짐작이 된다.

"그 여인에게 최면을 걸었군."

"역시 지웅 님께서는 영특하기 그지없으시네요. 그걸 한 번에 때려 맞추시다니요."

…영특하다면서 때려 맞췄다고 하는 건 뭐야?

칭찬이야, 욕이야?

이 자식이 링크 많이 들고 와서 무조건 굽실거리는 줄 알았더니 은근히 엿 먹이네?

"캐러반은 여인에게 최면을 걸어 약혼자와의 사이를 억지로 정리하게 만들었죠. 그리고 자신의 여자로 만들었답니다. 처음에는 그게 좋았더랬죠. 하나 시간이 갈수록 여인의 사랑이 최면에 걸려 흉내만 내는 거짓임을 뼈저리게 느꼈답니다. 결국 캐러반은 자신이 저지른 짓에 환멸을 느껴 괴로워하다가 자결하고 말죠."

"불행한 인생이네."

라헬은 고개를 끄덕이고서 다음 영혼에 대해 설명했다.

"이 영혼의 이름은 아틸리. 여인이었답니다. 영혼의 능력은 수 속성 중급 마법 웨이브(Wave)랍니다."

"마법사였나 보네."

"맞아요. 마법사였죠. 아틸리는 그럭저럭 괜찮은 남작가의 영애였답니다. 어렸을 때부터 마나를 느꼈던 아틸리는 일찌감치 마법사들이 모여 사는 빛의 탑에 들어가 마법을 배우게 되었죠. 그러다 성인이 되는 날 빛의 탑을 나와 왕실마법사 시험에 응시해 당당히 합격! 왕실마법사가 되었답니다. 하지만 그녀는 왕국에 내란이 터졌을 때, 왕실을 넘보던 공작가와 싸우다 죽음을 맞고 말았다죠."

"그래? 전쟁에 휘말려 죽었다면 다른 이들보다는 좀 덜 억울한 죽음 아닌가?"

내가 여태껏 라헬에게 들었던 영혼들의 열전을 보자면 하나같이 어마어마하게 불행했었다.

때문에 그들과 비교했을 때 아틸리의 인생이 그렇게 불행하다고는 생각되지 않았다.

그러나 라헬은 고개를 저었다.

"누구나 세상에서 가장 괴로운 사람은 자기 자신이라고 생각한답니다. 아틸리 역시 마찬가지였죠. 이렇게 전쟁에서 죽기 위해 왕실마법사가 된 게 아닌데! 더욱 나은 삶을 영위하기 위해서 왕실마법사가 된 건데! 그게 너무 분하고 억울했던 거랍니다."

아… 듣고 보니 그렇겠다.

조금 전에 내가 했던 생각은 지극히 내 개인적 기준에서 판단했을 때나 적당하다.

라헬의 말대로 사람은 누구나 자신의 인생이 가장 힘들다고 생각하는 법이니까.

물론 그게 절대적인 법칙 같은 건 아니다만, 대부분이 그렇다.

"마지막 네 번째 영혼의 이름은 아치."

이름이 꼭 욕 같네.

"능력은 재생."

"재생… 은 뭐야?"

"말 그대로 재생입니다~ 아치는 자신의 몸 일부가 잘려도 다시 재생할 수 있었죠."

"내가 지금까지 들었던 능력 중에 가장 쇼킹한데?"

"아치의 별명이 뭐였는지 아십니까?"

"뭔데?"

"도마뱀이었답니다. 아치는 재생하는 것 말고 별다른 능력이 없었지요. 그래서 강도나 깡패들에게 여러 번 목숨을 빼앗길 뻔했답니다. 그럴 때마다 아치는 미친 척하고 자신의 팔을 뜯어버린다거나, 손가락을 씹어 먹으며 실실 웃는다거나 해서 위기를 모면했지요. 하지만 빠져 버린 팔도, 씹어 먹은 손가락도 한 시간만 지나면 다시 재생이 되었지요. 그래서 아치를 아는 사람들은 그를 도마뱀이라고 불렀답니다."

진짜 도마뱀 같은 인간이네.

도마뱀은 포식자에게 꼬리를 잡히면 그걸 끊어버리고서 도망가 버린다.

아치가 딱 그런 격이다.

"아치는 뭐가 억울한 거야?"

"그냥 그렇게 평생을 살아야 하는 것 자체가 억울했던 거죠. 재생이라는 능력이 있기는 한데, 자신의 삶을 풍족하게 해주는 데 쓰인 게 아니라 위험에서 도망치는 데만 쓰이니 적잖이 억울했던 모양이더라구요."

참 별의별 사연이 다 있다.

라헬은 거기까지 설명하고서 내게 물었다.

"이 네 개의 영혼 중 사고 싶은 게 있으신가요?"

"솔직히 다 사고 싶긴 해."

"탁월한 선택이십니다!"

"뭐?"

내가 놀라서 되묻는 순간, 라헬이 네 개의 영혼을 손가락으로 튕겼다.

동시에 네 개의 영혼은 공간을 빠르게 날아와 내 몸 안으로 스며들었다.

당황해서 라헬을 바라보니 녀석이 씩 웃으며 고개를 까딱 숙여 보였다.

"28,000링크 잘 받았습니다! 이제 35,000링크 남으셨네요?"

"내가 언제 산다고 그랬어!"

"사고 싶다면서요?"

"그래! 사고 싶다고 했지, 산다고는 안 했잖아!"

"사고 싶으면 언젠가는 사게 될 텐데 미리 사두면 좋잖아요, 지웅 님~!"

하… 이게 이제는 강매까지 해버리네.

미치고 팔짝 뛸 노릇이다.

"그럼 9,000링크의 영혼들이 어떤 능력을 가졌는지 설명해 드리지요."

"분명히 말해두는데, 이번에도 강매하면 가만 안 둔다."

"강매라니요, 무슨 그런 섭한 말씀을. 우선 맨 오른쪽에 있는 영혼!"

라헬은 과장된 동작으로 영혼 하나를 가리켰다.

"영혼의 이름은 요마르. 능력은 중력 제어."

"이것도… 엄청……."

거기까지 말하는데 라헬의 눈에 빛이 일렁였다.

"엄청… 어떠신데요?"

"아니야."

괜히 엄청 끌린다고 했다가 또 강매당할라.

하여튼 방심할 수 없는 녀석이다.

내가 더 말을 않자 라헬은 다시 입을 열었다.

"요마르는 자신이 서 있는 곳 반경 1미터 내의 중력을 마음대로 제어할 수 있었죠. 한데 그런 요마르의 능력을 탐내던 상위층 과학자들이 어쌔신 길드에 그를 납치해 오도록 청부를 넣었답니다. 결국 요마르는 어쌔신에게 잡혀 과학자들에게 넘겨진 뒤, 6년 동안 고문에 가까운 갖가지 실험을 받다가 죽어버리고 말죠."

"과학자들이 요마르를 왜 잡아서 연구한 거야?"

"요마르가 어떻게 중력을 제어할 수 있는 그 원리를 파악하고 자신들이 가지려 했던 것이었답니다."

"하, 진짜 지독하네."

"원래 세상에서 가장 지독한 게 사람인 법이죠."

"아니. 개인적으로는 네가 가장 지독하다고 본다."

내 말에 라헬이 왼쪽 가슴을 움켜쥐고 미간을 찌푸렸다.

"으헉! 그 말은 제법 상처가 되었습니다~!"

"쇼 한다."

"눈치채셨습니까?"

라헬은 언제 그랬냐는 듯 금방 싱글벙글거렸다.

"그럼 다음으로 넘어가겠습니다. 요마르 옆에 있는 영혼의 이름은 커즐. 능력은 음속 이동. 말 그대로 음속으로 움직일 수 있는 능력이지요~ 커즐은 사실 열전이랄 것도 딱히 없어요. 그냥 평범한 가정에 태어나서 평범하게 살다가 평범하게 죽었어요."

"그런데 뭐가 억울해서 레이브란데와 계약을 한 거야?"

"그가 자신에게 음속 이동의 능력이 있었다는 걸 깨달은 것이 불과 죽기 하루 전이었거든요."

"뭐?"

"그래서 억울했던 거죠. 젊은 시절 그런 능력이 있다는 걸 알았다면 한번 제대로 써먹어서 더 괜찮은 인생을 보냈을 텐데… 싶었던 겁니다."

그것 참 억울하기는 하겠다.

"그런데 왜 그 능력을 죽기 직전에서야 알았대?"

"단순히 재수가 없던 거죠 뭐."

"…그렇게 간단히 단정 짓고 넘어갈 만큼 가벼운 문제는 아닌 것 같은데."

라헬이 자기 이마를 살짝 긁으며 대답했다.

"저도 그렇게 생각합니다만 그게 진실이라 달리 할 말이 없답니다~ 정말로 죽기 직전에 자기 능력이 뭔지 알게 되는 능력자들도 은근히 많으니까요."

"거 참."

라헬은 9,000링크의 마지막 영혼을 가리켰다.

"이 영혼의 이름은 씰. 능력은 사이코메트리입니다."

사이코메트리에 대해서는 나도 잘 알고 있다.

그건 만화나 영화, 소설의 소재로 제법 자주 쓰이곤 한다.

사이코메트리는 사물에 담긴 기억을 읽는 능력이다.

그러니까 내가 길을 가다 어떤 반지를 주웠다고 가정해 보자.

그럼 그 반지의 주인이 누구인지 대번에 알 수 있게 된다.

심지어 반지의 주인이 반지를 끼고서 했던 모든 행동들도 알게 되는 것이다.

사이코메트리는 제법 유용한 능력이다.

'이건 꼭 사야 돼.'

다른 건 몰라도 저건 사겠다고 마음먹자마자 라헬의 입꼬리가 씩 말려 올라갔다.

저 자식은 가만 보면 독심술이라도 하는 것 같단 말야.

라헬은 잠시 나를 지켜보다가 다시 입을 열었다.

"씰은 사이코메트리 능력을 십분 발휘해 탐정이 되어 잘 먹고 잘살았습니다. 하지만 죽음에 이르는 순간 그는 자신의 인생이 후회된다고 말했지요."

"걔는 또 왜?"

"아이러니하게도 씰의 능력 때문이었답니다. 사이코메트리는 씰의 몸에 닿는 모든 사물의 기억을 전해주었지요. 그렇다 보니 그는 굳이 몰라도 되는 타인의 비밀들까지도 모두 알게 되었답니다. 그렇다보니 자신에게 거짓말을 일삼는 사람들이 제법 많다는 것도 알 수 있었죠. 아울러 그가 만나는 여자들 역시 백 퍼센트 진실만 말하는 이가 없다는 걸 깨달았지요. 결국 씰은 인간불신증에 걸려 제대로 된 인간관계를 쌓지 못한 채 평생을 살아야 했답니다."

"잘 먹고 잘살았다며?"

"돈은 잘 벌었지요. 저택도 제법 고급스러웠구요. 하지만 그것뿐이었어요. 잘 먹고 잘산다고 무조건 행복한 게 아닙니다~"

…어째 말장난에 넘어간 것 같다.

"아무튼 9,000링크로 살 수 있는 영혼은 이렇게 셋입니다. 어때요? 구미가 당기시나요?"

"나쁘지 않네."
"사고 싶으시죠?"
"나머지 영혼들 능력부터 듣고 나서."
"……."
그러자 라헬이 입을 꾹 다물고서 날 지그시 바라봤다.
갑자기 또 왜 저래?
"왜 그래, 라헬?"
"지웅 님."
"뭐."
"제가 지웅 님을 존경하고 존중해 마지않긴 하지만요."
이게 또 무슨 얘길 해서 사람 현혹시키려고?
절대 안 넘어간다.
"그런데?"
"솔직히 이건 좀 너무합니다."
"그러니까 뭐가 너무한 건데? 말 빙빙 돌리지 말고."
"제가 지금 설명드린 영혼만 일곱이잖아요. 열전까지 일일이 짚고 가느라 입이 많이 아프단 말입니다. 힘들기도 하구요. 그러니까 나머지 영혼들은 나중에 설명 듣고 그냥 오늘은 9,000링크짜리 영혼 세 개 사서 꺼지… 아니, 돌아가시면 안 될까요?"
하… 하하.
확실히 내 수중의 링크가 아까보다 적으니까 태도가 확 바꿔는구나.

"싫다면?"

"파업할래요. 힘들어서 못해먹겠어요."

"……."

하아.

정말이지 딱 한 대만 때렸으면 소원이 없겠다.

결국 또 저 녀석의 상술에 항복 선언을 하는 건 나였다.

"알았다, 알았어. 9,000링크 영혼 다 줘."

내 말에 라헬의 얼굴이 확 밝아졌다.

"현명한 선택이십니다."

라헬은 세 개의 영혼을 내게 밀었다.

영혼들이 허공을 부유해서 다가와 내 몸 안에 스며들었다.

"27,000링크 잘 받았습니다~! 총 55,000링크를 지불하셨으니 이제 남은 건… 9,000링크 정도네요?"

라헬이 갑자기 박수를 쳤다.

짝짝짝짝짝!

"다시 거지가 되신 걸 축하드립니다~ 호갱님!"

"뭐? 호갱니임?"

"아휴, 진짜 영혼 팔아먹기 힘드네요. 피곤해 죽겠으니까 그만 가주세요."

"나도 이런 취급 받으면서 더 있기 싫다. 간다."

"가든가 말든가 관심 없지만 예의상 안녕히 가세요~ 라고 인사는 드릴게요."

그러고서 라헬은 어둠 속으로 모습을 감추었다.

…하아, 울화통 터져.

Chapter 13
가정 폭력

다시 현실로 돌아왔다.

일단은 새로 얻은 능력들을 확인해 볼까?

"마인드 탭."

이름 : 유지웅
소속 : 지구, 대한민국
성별 : 남
나이 : 20
영력 : 35/35

영매 : 33
아티팩트 소켓 4/4
보유 링크 : 10,034

그새 링크가 더 적립돼서 10,000링크를 넘겼다.

링크가 조금 더 쌓이면 다시 소울 커넥트에 접속해서 11,000링크짜리 영혼들의 능력을 들어볼까 하다가 그만뒀다.

분명 라헬은 거지가 찾아왔다고 조롱할 게 뻔할 테니까.

난 영매 탭을 터치했다.

팅—

맑은 소리와 함께 내 앞에 지금까지 사들인 영혼의 능력이 쫙 펼쳐졌다.

영매
패시브 소울 : 17
—강인한 육신[소라스]
—뛰어난 청력[파펠]
—뛰어난 자가 치유력[라모나]
—남성을 유혹[아르마](침묵)
—완벽한 절대미각[리조네]
—뛰어난 요리 실력[마르펭]

—뛰어난 민첩성, 근력[바레지나트]

—아이언 스킨[지그문트]

—굉장한 창술[블랑]

—굉장한 궁술[쟈비아]

—굉장한 리더십[길버트]

—포이즌[루카스]

—애니멀 링크[카인]

—완벽한 민첩성[벨로아]

—염력[시다스]

—육체 재생[아치]

—음속 이동[커즐]

액티브 소울 : 16

—낭아권[무타진/소모 영력 1/재충전 5초]

—화 속성 초급 마법 번(Burn)[마르카스/소모 영력 5초당 1]

—수 속성 초급 마법 아쿠아(Aqua)[레퓌른/소모 영력 5초당 1]

—천상의 목소리[로레인/소모 영력 5초당 1]

—뇌 속성 중급 마법 라이트(Light)[포포리/소모 영력 3초당 1]

—화 속성 중급 마법 파이어(Fire)[파멜라지나/소모 영력 3초당 1]

—지 속성 중급 마법 더트(Dirt)[제피엘/소모 영력 3초당 1]

—투시[잘루스/소모 영력 1초당 1]

—타임 리와인드[샤체/소모 영력 10/1일 3회 제한]

—섀도우 워커[크라임/소모 영력 3초당 1]

—투명화[루/소모 영력 3초당 1]

—검기[제서스/소모 영력 1초당 1]

—최면[캐러반/소모 영력 없음/30일 1회 제한]

—수 속성 중급 마법[아틸리/소모 영력 3초당 1]

—중력 제어[요마르/소모 영력 1초당 1]

—사이코메트리[찔/소모 영력 없음/1일 1회 제한]

흠.

염력, 육체 재생, 음속 이동은 패시브 스킬이네.

나머지는 전부 액티브 스킬이고.

그런데 최면과 사이코메트리는 소모 영력이 없잖아?

대신 최면은 한 달에 한 번, 사이코메트리는 하루에 한 번밖에 사용할 수 없다 이거지?

"이 정도면 나쁘지 않지."

나는 마인드 탭을 닫았다.

이제 내가 모은 영혼의 수는 서른셋.

앞으로 스물일곱 개의 영혼만 더 모으면 된다.

링크가 빠르게 불어날수록 영혼을 모으는 속도도 비례해서 빨라졌다.

데일리 히어로 사이트를 세우길 정말 잘했지.

안 그랬다면 지금도 링크 하나 모으려고 여기저기 선행을 베풀며 애들 코 묻은 돈 뺏는 것마냥 적은 링크만 적립했을 것이다.

"그럼 의뢰 게시판이나 들어가 볼까."

지금 시간은 오전 여섯 시.

아직 우리 가족은 아무도 일어나지 않은 시간이다.

여섯 시 반쯤 되어야 엄마와 누나가 일어난다.

엄마는 아침밥을, 누나는 회사 나갈 준비를 시작해야 하기 때문이다.

난 스마트폰으로 데일리 히어로 사이트에 접속했다.

그런데 새로운 쪽지 하나가 와 있었다.

이 사이트에선 아무나 내게 쪽지를 보내지 못한다.

내가 먼저 쪽지를 보낸 의뢰인들만 답쪽지를 보낼 수 있다.

어떤 의뢰인이 답쪽지를 보낸 걸까?

쪽지를 확인해 봤다.

그런데 쪽지를 보낸 이는 바로 가정 폭력에 시달린다는 그

의뢰인이었다.

"엄청 늦게 보내네."

난 의뢰인이 데일이 히어로 사이트를 완전히 잊어버린 줄 알았다.

그래서 그 의뢰도 거의 포기하고 있었다.

한데 이제야 답쪽지가 들어온 것이다.

쪽지를 확인한 난 의뢰인과 연락을 취했다.

전화기 너머로 들려온 음성은 상당히 앳되었다.

잠깐 잊고 있었는데 생각해 보니 의뢰인은 중학교 1학년생이었다.

'앳된 게 당연하지.'

의뢰인의 이름은 이민지.

속초에 살고 있고, 자기 스마트폰이 없어서 친구 스마트폰 번호를 내게 알려준 것이었다.

해서 답쪽지를 왜 이렇게 늦게 보냈냐고 했더니, 집에 컴퓨터가 없어서 사이트 접속하기가 힘들었다고 했다.

지금처럼 친구 스마트폰을 빌려서 접속하지 그랬냐고 물으니, 사실은 고민 글을 올리고 정말 들어줄 수 있을까 싶어 별 기대 안 했었다고 말했다.

즉, 반신반의하며 의뢰 글을 올려놓고 잊어버린 것이다.

그러다 오늘 다시 생각나서 접속한 것이겠지.

어찌 되었든 난 민지와 오늘 오후 만날 약속을 잡고 통화를 끝마쳤다.

민지에겐 연락 수단이 없으니 어디서 몇 시에 만날 건지 확실하게 정해놓아야 했다.

민지와 나는 한 시에 속초 터미널에서 보기로 했다.

난 얼른 집을 나와 상덕이와 연락을 한 뒤 춘천 버스 터미널로 향했다.

*　　*　　*

버스 터미널에 도착하니 먼저 나와 있던 상덕이가 고개를 절레절레 흔들며 말했다.

"이 형님이 먼저 나와서 널 기다려야겠냐?"

"까분다, 또. 표 끊어야지."

그러자 상덕이가 주머니에서 속초행 버스 티켓 두 장을 꺼내 들었다.

"이미 그것도 형님이 다 준비했지."

"웬일이냐? 네 돈을 다 쓰고."

"내가 널 그만큼 생각하고 아끼니까 피 같은 돈을 쓸 수 있는 거지. 암~"

아무래도 이 자식이 나한테 뭔가 바라는 게 있는 것 같은데.

"그냥 사실대로 얘기해라. 뭐 때문에 이래?"

상덕이는 속내를 들켰는지 배시시 웃으며 물었다.
"나 월급 언제 오르냐?"
그럼 그렇지. 뭐 빼먹고 싶은 게 있으니까 지 돈을 쓴 거지. 그렇지 않고서는 십 원짜리 하나 내놓지 않을 놈이다.
"이제 회사 제대로 법인 등록하면 네 월급도 올려줄 거야."
상덕이가 눈을 크게 떴다.
"어, 얼마나 올려줄 건데?"
"백이십."
"백이십?"
상덕이의 얼굴에 웃음꽃이 활짝 폈다.
"무려 사십만 원이나 올려주는 거야?"
"그럼! 우리 회사 엘리트 직원인데 당연하지!"
난 가슴을 탕탕 두들겼다.
그러나 상덕이가 만세를 불렀다.
"야호! 나도 이제 제대로 된 사회 초년생이다!"
한데 상덕이의 목소리가 워낙 커서 지나가던 사람들이 일제히 우리를 쳐다봤다.
하나같이 상덕이를 이상한 시선으로 보거나 키득거리며 비웃었다.
하여튼 이 자식은 부끄러운 걸 몰라.
"야… 빨리 버스나 타자."
이 자리를 뜨고 보는 게 상책이겠다.

* * *

춘천에서 속초까지는 버스를 타고 두 시간 십 분 정도 걸린다.

우리는 아홉 시 반 버스를 탔다.

길은 막히지 않았고, 속초에 도착하니 열한 시 사십 분이 조금 못 되는 시간이었다.

한 시까지 여유가 있었기에 속초터미널 근처 식당에서 식사를 했다.

그래도 한 시간이 남았다.

상덕이와 난 카페에서 커피를 마시며 수다를 떨다가 약속 시간 십 분 전쯤 다시 터미널로 돌아왔다.

민지와 나는 속초 터미널 입구에서 만나기로 했다.

약속한 한 시 정각이 되었을 때 교복을 입은 소녀 한 명이 터미널 입구로 다가왔다.

까맣고 낡은 가방을 멘 소녀는 터미널 입구에 서서 나가는 사람들을 열심히 살폈다.

소녀의 얼굴은 상당히 불안하고 우울해 보였다.

본바탕이 못생긴 외모는 아니었다.

오히려 예쁜 편이었다.

그런데 미소가 사라지고 온갖 마이너스적인 감정들만 뿜

어내고 있으니 예쁜 얼굴이 묻히는 케이스였다.

'재가 민지구나.'

나와 상덕이는 소녀에게 다가가 물었다.

"네가 민지니?"

그러자 민지가 우리를 보며 화들짝 놀라더니 고개를 끄덕이며 입을 열었다.

"오… 오들리 님?"

"그래, 오들리야. 가면 쓰고 있어서 놀랐지?"

"조금요."

"내 신분을 밝힐 수 없어서 그러는 거니까, 이해해 줘."

"아… 네."

"그럼 민지야. 너희 집에 가기 전에 잠깐 얘기 좀 할까?"

"네."

"밥은 먹었니?"

"머, 먹었어요."

민지는 먹었다고 했지만 민지의 뱃속에서는 다른 대답을 내놓았다.

꾸르르르륵!

"앗!"

민지가 빰을 붉히며 배를 확 감싸 안았다.

그 모습이 제법 귀여웠다.

"민지야. 밥 먹으러 가자. 마침 우리도 아직 식사 안 했거든."

"엥? 너 단기 기억상실증 걸렸……."

아, 이런 눈치 밥 말아 먹은 새끼!

난 상덕이의 옆구리를 팔꿈치로 살짝 쳤다.

퍽!

"컥!"

상덕이가 옆구리를 움켜쥐고 바들바들 떨었다.

민지가 놀란 눈으로 그런 상덕이를 바라봤다.

"그럼 밥 먹으러 가자, 민지야."

"아니, 괜찮은데……."

"어서. 나 배고파 죽겠어."

난 망설이는 민지를 반강제로 끌고 식당으로 향했다.

* * *

민지가 뭘 좋아할지 몰라서 근처의 돈가스집으로 데려왔다.

물론 돈가스집이니만큼 주문은 돈가스로 통일.

상덕이는 어제부터 속이 안 좋다는 핑계를 대며 식사를 주문하지 않았다.

결국 돈가스는 나와 민지만 먹게 되었다.

사실 나도 배가 부르긴 하지만 민지를 위해서 이 정도 연기쯤은 아무렇지 않게 해줄 수 있다.

식사를 마치고 입가심으로 음료수를 마시며 민지와 조금

깊은 얘기를 나누었다.

"엄마는 언제 나가신 거야?"

"보름 전에요."

"엄마가 자주 가시던 곳은 찾아봤어?"

"딱히 자주 가는 곳은 없었어요. 그냥 낮에 마트에서 일하시고 저녁이면 집에 들어오셨어요."

"마트에는 가봤니?"

"네. 근데 일 그만두겠다는 얘기도 없이 안 나오셨대요."

"외가 쪽 사람들은 어디에 사니?"

"순천에 계셔요."

"그분들은 엄마가 아빠 때문에 힘들어했다는 거 아시니?"

"모르겠어요. 엄마는 외가 쪽이랑 연락을 거의 안 하셨거든요. 아빠랑 결혼한다고 했을 때 반대가 심했대요. 그래서 거의 연 끊다시피 하고 나와서 아빠랑 결혼한 거래요."

"그랬구나."

아무래도 민지에게선 엄마의 행방을 알아내기 힘들 것 같았다.

그래서 난 다른 걸 물어보았다.

"아버지는 그럼 무슨 일 하시고?"

"일 안 하세요. 가끔 막노동 같은 거 나가시긴 해요."

"그럼 계속 집에 있는 거야?"

"누가 술 사준다 그러면 나가고… 그렇지 않으면 집에서 술 마셔요."

술?

아버지가 술을 좋아한다고?

"혹시… 민지야. 아버지가 술을 마시지 않았을 때도 엄마한테 손찌검 하고 그랬니?"

민지는 고개를 도리도리 저었다.

"아니요. 술 안 마시면 절대 안 그러셔요. 오히려 매일 엄마랑 나한테 미안하다고만 하시죠. 그런데 술만 들어가면 거칠어져요. 문제는 술이 깨어 있을 때보다 취해 있을 때가 더 많다는 거예요."

"결국 술이 문제네."

"…네."

일단 가정 폭력을 근절하려면 민지 아버지가 술을 끊게 만들어야 한다.

사실 이게 쉬운 일은 아니다.

하지만 난 이것을 쉽게 해결할 수 있다.

이번에 새로 산 능력 중 아주 유용한 것이 있었으니까.

이제 남은 건 엄마를 찾아야 한다는 것이다.

"민지야. 일단 민지네 집으로 가자. 안내 좀 해줄래?"

"네."

Chapter 14
뜻밖의 사람

민지를 따라서 민지네 집에 도착했다.

좁고 구불구불한 골목들이 가득한 작고 복잡한 동네의 한켠에 민지의 집이 있었다.

민지는 이른바 판자촌이라 불리는 동네의 허름한 집에서 살고 있었다.

어른은 허리를 굽히고 들어가야 하는 낡은 철문이 민지의 집으로 들어가는 입구였다.

"안에 아버지가 계시니?"

"어젯밤에 안 들어오셨는데… 지금은 들어오셨는지 모르겠어요."

난 집 안에서 들리는 소리에 집중했다.

하지만 집 안은 고요했다.

누군가의 숨소리조차 들리지 않았다.

민지의 아버지가 아직 귀가하지 않은 것이다.

"내 예감에 아직 아버지는 돌아오지 않은 것 같다, 민지야."

"제가 볼게요, 잠깐만요."

민지가 문손잡이를 잡아당겼다.

하지만 문은 열리지 않았다.

잠겨 있는 모양이다.

"아빠 아직 안 들어오셨어요."

"어떻게 알아?"

상덕이가 물었다.

"아빠는 집에 들어와서 문단속을 하는 법이 없거든요. 근데 잠겨 있잖아요. 제가 아침에 학교 올 때 잠그고 나왔거든요."

그렇구나.

민지는 열쇠로 잠긴 문을 열었다.

우리는 민지를 따라 집 안으로 들어섰다.

"실례하겠습니다."

상덕이가 예의상 허공에다 말을 흘렸다.

민지의 집 내부는 무척 좁았다.

거실과 쪽방 하나, 화장실 하나가 달린 아주 작은 집이었다.

거실과 방에 놓인 가구들도 별게 없었다.

텔레비전과 냉장고, 이불장과 옷장.

큰 가구는 그게 전부였다.

싱크대에 식기류도 가짓수가 적었다.

어찌 되었든 난 방에 있는 물건들에서 사라진 엄마의 행방에 대한 힌트를 얻어야 했다.

"민지야. 엄마가 자주 입었던 옷이 뭔지 아니?"

"네."

"그것 좀 보여줄래?"

"왜요?"

"의외로 그런 데서 힌트가 나오기도 하거든. 이를테면 주머니를 뒤져 봤더니 엄마가 생전 가지 않았던 장소의 입장권 같은 게 나온다든가."

"입장권?"

"이를테면… 동물원이나 영화관 같은?"

"아……."

뭔가 좀 백 퍼센트 납득이 어려운 설명이었다.

급하게 지어내려다 보니 어쩔 수 없었다.

하지만 아직 순진한 민지는 이 어설픈 설명에도 다 이해했다는 듯 고개를 끄덕이고서는 옷장을 열었다.

민지가 망설임 없이 원피스 하나를 골라 내게 가져왔다.

"이게 엄마가 가장 자주 입던 거예요."

"오케이."

자, 이제 씰의 능력 사이코메트리를 시전해야 할 때다.

'제발 여기에 단서가 있어야 할 텐데.'

사이코메트리는 1일 1회 제한이 걸리는 능력이다.

만약 원피스에서 별다른 기억을 읽어내지 못한다면 민지의 엄마를 찾는 일은 내일로 미뤄야 할지도 모른다.

난 민지가 준 원피스의 주머니를 뒤지는 척하며 낮게 읊조렸다.

"사이코메트리."

순간 원피스에 각인된 기억들이 내 눈앞에 파노라마처럼 좍 펼쳐졌다.

그 옷을 입은 민지 어머니의 얼굴이 보였다.

민지만큼이나 예쁜 얼굴이었다.

모전여전이라더니.

민지 어머니는 이 옷을 입고 일을 나간 적은 없었다.

주로 가족끼리 외식을 하거나, 나들이를 가거나 그럴 때 즐겨 입었던 것 같다.

한데… 가족이 보이지 않는 장소에서도 이 옷을 입고 있었다.

민지와 민지 아버지가 아닌 어느 늙은 할아버지와 작은 단칸방에서 민지 어머니는 두런두런 이야기를 나누고 있었다.

어디지?

저기가 어디인 거야?

나는 원피스에 담긴 민지 어머니의 기억을 열심히 뒤적였다.

그러자 민지 어머니가 홀로 어딘가를 향하는 영상이 떠올랐다.

집에서 나와 판자촌을 떠나, 십 분 정도를 걸어서 다른 동네에 들어서더니 작은 단독주택으로 들어섰다.

그리고 단독주택 1층 측면에 딸린 작은 방으로 향했다.

바로 거기에 늙은 할아버지가 살고 있었다.

그런데… 그 할아버지는… 민지 어머니의 친아버지였다.

"……."

거기까지. 원피스에 담긴 기억은 더 읽을 수 없었다.

'민지 어머니의 친아버지가 가까운 곳에 살고 있다고?'

민지는 자기 어머니는 외가 쪽과 인연을 끊다시피 하고서 아버지와 결혼했다고 말했다.

그럼 이 상황은 뭐가 어떻게 된 것일까?

'어쨌든 민지 어머니가 친아버지와 함께 있을 가능성이 높아.'

물론 그렇지 않을 수도 있지만 일단 찾아가 봐야겠다.

"민지야."

"네?"

"내가 급하게 어딜 좀 갔다 와야 할 것 같아. 그러니까 민지는 여기 있는 상덕이 오빠랑 같이 밖에서 영화라도 보고 있어."

"아… 저 아빠 오시기 전에 국 끓여놔야 하는데."

"밥?"

"네. 아빠는 국 없으면 밥을 잘 못 드세요. 항상 해장을 하고 싶다고 하시거든요."

하아.

이 어린 것이 벌써부터 주방에서 아빠 밥상 차릴 걱정을 하다니.

"그건 내가 해결해 줄게."

난 냉장고를 열었다.

그리고 쓸 만한 재료들을 꺼냈다.

내가 꺼낸 재료들은 계란, 쪽파, 양파, 다시마, 건멸치, 건표고버섯이었다.

그것을 가지고 싱크대로 오니 민지가 다가와 물었다.

"국 끓이시게요?"

"응. 소금이랑 후추는 있지?"

"네."

민지가 싱크대 옆의 서랍을 열어 소금과 후추를 꺼내 주었다.

"됐어. 이거면."

"그걸로 무슨 국을 끓이시게요?"

"잘 봐. 별거 아닌데도 끝내주게 맛있을 테니까."

난 칼을 들어 쪽파는 잘게 썰고 양파는 껍질을 한 겹만 벗긴 뒤 반을 딱 잘랐다.

그리고 냄비에 물을 넉넉히 받아 건멸치, 건표고버섯, 다시

마, 두 조각 낸 양파를 넣고 육수를 우렸다.

그러는 동안 계란 두 개를 그릇에 탁 깨서 잘 풀었다.

계란에는 소금 간을 아주 약하게 했다.

이거면 일단 기본 준비는 끝났다.

아울러 이 요리의 장점은 기본 준비를 끝내는 순간 요리의 팔십 퍼센트가 완성된다는 것이다.

이제 육수가 제대로 나올 때까지 기다리기만 하면 된다.

보글보글.

시간이 조금 흐르고 물이 끓었다.

그 상태로 오 분가량 더 있다가 육수 재료들을 꺼내서 버리고 풀어놓은 계란을 육수에 빙 두르듯이 끼얹었다.

그다음 젓가락으로 살살 저어주니 계란이 예쁘게 퍼지며 아주 부드럽게 익었다.

여기서 끝이 아니다.

잘게 썬 쪽파를 넣고 조금 더 끓인 뒤, 소금으로 간을 하고 후추로 풍미를 더했다.

그렇게 간편한 계란탕이 완성되었다.

민지는 내 옆에서 눈을 초롱초롱 빛내고 있었다.

"와… 오들리 님 정말 요리 잘하시네요?"

"맛 좀 볼래?"

"네!"

"응!"

난 민지한테 말한 건데 상덕이까지 달려든다.

숟가락으로 국을 조금 퍼서 후~ 불어 민지의 입에 넣어주었다.

국을 맛본 민지의 눈이 휘둥그레졌다.

"우와~ 정말 맛있어요!"

"그치?"

"네!"

"자, 이제 국도 완성했으니 나가볼까?"

그러자 상덕이가 한 손을 번쩍 들어 올렸다.

"나는 안 줘?"

"좀… 적당히 좀 하자, 인간아."

"에이씨."

상덕이의 덜떨어진 행동을 본 민지가 픽 하고 웃음을 흘렸다.

하여튼 상덕이의 저런 면이 가끔은 분위기 전환에 도움이 된다는 게 아이러니다.

* * *

민지를 상덕이에게 맡겨놓고 나는 원피스의 기억 속에서 보았던 집을 찾아갔다. 아마도 민지 어머니의 친아버지는 이 저택의 단칸방에서 월세살이를 하고 있는 듯했다.

일단 여기에 민지 어머니가 있는지 없는지부터 알아내야

한다.

"투명화."

루의 능력 투명화로 내 모습을 감췄다.

가볍게 월담을 한 다음, 건물의 우측으로 돌아갔다.

기억 속에서 봤던 작은 쪽문이 있었다.

하지만 아무리 투명화를 했다고 한들 그 문을 그냥 열고 들어갈 순 없었다. 그래서 그림자에 동화하기로 했다.

"섀도우 워커."

내 몸이 문틈 사이에 드리워진 그림자 속으로 스며들었다.

그림자를 따라 집 안으로 들어간 다음 그림자에서 빠져나왔다. 어차피 투명화 상태인지라 그림자에서 빠져나와도 상관없었다.

작은 단칸방 안에는 민지의 어머니와 그 어머니의 친아버지가 나란히 이불을 덮고 앉아 텔레비전을 보는 중이었다.

'빙고!'

민지의 어머니 행방은 찾았다.

그러나 내가 어머니를 데려가려고 한들 절대로 따라오려 하지 않을 것이 뻔했다.

오히려 날 이상한 사람 취급하겠지.

'민지의 아버지가 어머니를 데려오도록 만들어야 해.'

그게 최상의 시나리오다.

난 다시 섀도우 워커를 시전해서 단칸방을 빠져나온 뒤, 저택의 담장을 넘었다.

'이제 아버지를 찾아서 설득해야 할 때군. 아니, 설득이 아니지. 술 먹으면 개 되는 인간 강제 교화시키는 거지.'

*　　*　　*

민지의 아버지를 만나려면 민지의 집에서 기다리는 수밖에 없었다.

민지도 아버지가 어디에 계시는지 모르니 말이다.

민지의 집으로 향하던 중에 상덕이에게 메시지를 보냈다.

—영화 잘 보고 있냐?

바로 답장이 왔다.

—응.

—뭐 보냐.

—…어린이 애니메이션.

—ㅋㅋㅋㅋㅋ

—왜 웃어?

—아니, 너 고생할 게 뻔히 보여서. 재미없겠다.

—재미있는데?

—…재미있다고?

—응.

—민지도 재미있게 봐?

—아니. 조금 전에 살짝 따분하다 그랬어.
—그럼 나와서 다른 거 하고 놀아, 인마.
—싫어. 내가 재미있어.
…아니 뭐 이런 덜떨어진 놈이 다 있어?
—민지 하고 싶은 대로 좀 따라줘.
—야. 지금 한창 이야기 본론으로 진입하는 중이니까 이제 메시지 보내지 마.
—이 새끼야, 네가 애냐? 민지 의견 좀 잘 따라주라니까!
—즐.
즈, 즐?
이 자식 이거 어느 시대에서 온 놈이야?
즐이라니?
그게 언제 적 유행언데… 하여튼 종잡을 수 없는 인간이다.

*　　*　　*

민지의 집에 도착했다. 문이 잠겨 있는 걸로 봐서 민지의 아버지는 아직도 집에 오지 않는 모양이었다.
난 집 앞을 서성거리며 계속 시간만 보냈다.
그렇게 한 시간쯤 지났을 때였다.
부다다다다당—
저 멀리서부터 시끄러운 바이크 소리가 들려왔다.

그러더니 검은색 바이크 한 대가 맹렬한 속도로 달려오더니 내 앞에서 급정거했다.

'뭐야?'

난 놀라서 바이크를 몰고 있는 사람을 슥 쳐다봤다.

그런데… 그는, 아니 그녀는.

"오래간만이네."

다름 아닌 다운 타운의 커플러 설열음이었다.

"설열음?"

"잘 지냈지?"

"네가 왜……."

설열음이 예의 그 무감정한 시선으로 날 바라보다가 툭 던지듯이 말했다.

"너 추천당했거든."

"뭐?"

"누군가가 너를 데스 파이트에 추천했다고."

갑자기 머리가 멍해졌다.

『데일리 히어로』 7권에 계속…